中公文庫

うぽっぽ同心終活指南（二）

夫婦小僧

坂岡　真

中央公論新社

目次

うぽっぽ同心終活指南㈡

夫婦小僧

赤《あか》鰯《いわし》

一

梅雨闇《つゆやみ》のなか、長尾《ながお》勘兵衛《かんべえ》は今日もてくてく市中を歩いていた。

小太りのからだを縞《しま》の着流しと黒羽織で包み、閂《かんぬき》に差した大小の柄《つか》に左袖をちょんと載せている。

見慣れた路地裏に踏みこめば、知りあいが親しげに声を掛けてきた。

「うぽっぽの旦那、ご機嫌よろしゅうござんす」

切れ長の涼しげな眸子《まなこ》でうなずくと、相手は安心したように通りすぎていく。

眉間《みけん》に「地紋《じもん》」と称される大きな黒子《ほくろ》があるせいか、笑みを湛《たた》えた福々しい顔は「微《み》笑仏《しょうぶつ》」に喩《たと》えられた。

褒められて悪い気はせぬが、仏壇に祀《まつ》られるにはまだ早い。

南町奉行所の定廻りを三十年近くも務め、臨時廻りに転身してからは八年が経《た》った。なるほど、すでに還暦を超えている。それでも、平気で一日に十里は歩いてみせた。橋詰めの広小路《ひろこうじ》から寺社境内の盛り場へ、町々の自身番を順番に覗いたかとおもえば、貧乏長屋の並ぶ路地裏から路地裏へ、ただひたすら歩きまわる。それが廻り同心の役目と心得ているので、けっして苦にはならない。

今朝は娘の綾乃《あやの》が差し入れてくれた小茄子《こなす》の塩揉みをおかずに茶漬けを啜《すす》り、日本橋と神田界隈を経巡《へめぐ》ったのちに南へ取って返した。東海道を上って芝神明《しばしんめい》町へたどり着いたのが正午頃、流しの屋台で十六文の掛け蕎麦《そば》をたぐり、元気を取り戻したところでまた歩きはじめ、金杉橋を渡って芝浜方面へと繰《く》りだした。

大縄手に沿って松並木の道をたどっても、灰色の海は波頭を立てているだけ、帆掛け船や海鳥の群れはみえず、鬱々《うつうつ》とした気分からは逃れられない。それでも、めげずに淡々と歩きつづけ、芝田町までやってきた。

これといって目的があったわけではない。東海道を止まらずに進めば品川宿だが、揉め事や刃傷《にんじょう》沙汰が日常茶飯事の岡場所へ踏みこむ気などさらさらなかった。

「せめて高輪《たかなわ》、大木戸の手前までだな」

心に決めて右手をみれば、参詣人らしき人々が我先に山門の向こうへ消えていく。

「おや、何だろう」

あそこはたしか済海寺《さいかいじ》、大名家の菩提寺でもある由緒正しき浄土宗の寺だ。

勘兵衛は好奇心を抑えきれず、軽快な足取りで山門を潜りぬけた。

立派な本堂へと繋《つな》がる参道には、長い列ができている。

秘仏の開帳でもあるのだろうか。

「どうして並んでおるのか、教えてくれぬか」

最後尾の若い職人に尋ねてみた。

「門外不出の銘刀を拝見できるらしいんで」

「ほう、門外不出の銘刀か」

そいつは何だと質《ただ》しても、職人は首をかしげるだけ。大勢の人が並ぶのをみれば、自分も並ばずにはいられない。おおかた、そんな気持ちで山門を潜ったのだろう。

仕方ないので物知り顔の隠居に尋ねてみると、伊予国松山《いよのくにまつやま》藩十五万石を領する松平《まつだいら》家の殿さまによって菩提寺の済海寺へ献納された宝刀が、今日から三日間だけ公開されるという。

「来国行《らいくにゆき》にございますよ」

刀工の名を聞き、勘兵衛はぐっと身を乗りだした。

得たりとばかりに、隠居は滔々《とうとう》と講釈しはじめる。

「ご存じのとおり、来国行と申せば鎌倉期の名匠にございます。ことに知られておる刀は、織田信長から明智光秀、太閤秀吉、さらに大権現《だいごんげん》家康公へと渡った不動国行《ふどうくにゆき》にございましよう。ほかには太閤秀吉が釣鐘を切った逸話で知られる釣鐘切国行《つりがねきりくにゆき》もございますが、それら二刀と並んでも遜色《そんしょく》のない銘刀と聞いております。ただし……」

と、断って身を寄せ、隠居は声をひそめる。

「……ただし、真打ちは伊予国道後山《どうごやま》の伊佐爾波《いさにわ》神社に奉納されておるそうで、こちらの刀は影打ちにございます」

「影打ちか」

「もちろん、真打ちと同様に国行が心血を注いで鍛えた銘刀にはちがいなく、むしろ、茎《なかご》に金象嵌《きんぞうがん》で『影法師』と鐫《き》られた影打ちのほうが稀少だと申す好事家《こうずか》もおります」

「ふうん、そうなのか」

刀身の肌目《はだめ》模様や艶《あで》やかな刃文《はもん》もさることながら、茎に鐫られた『影法師』なる銘を拝みたくなった。ただし、十手を笠に着て列の先頭に立つようなみっともないまねはしたくないので、最後尾に並びなおす。

ほっと溜息《ためいき》を吐《つ》いたところへ、前方から尋常ならざる怒声が響いてきた。

「下郎、鞘《さや》に触れたな。侍の鞘に触れたら、斬り捨てにされても文句は言えぬぞ」

列が乱れたかとおもえば、人垣がさあっと築かれていく。

勘兵衛は小走りに近づき、人垣を掻《か》き分けて最前列に躍《おど》りでた。

参道のまんなかに、怒りで顔を朱に染めた五分月代《さかやき》の侍が立っている。

落ち窪んだ眸子に垢《あか》じみた着物を纏《まと》ったすがたをみれば、食い詰め浪人にまちがいなかろう。

すぐ脇で身を震わせているのは、職人風の父と七つかそこらの洟垂《はなた》れだった。

「おぬしらもみておったはず。この洟垂れがわしの鞘に触れたばかりか、両手で摑《つか》みおったのじゃ」

浪人は口角泡を飛ばし、抜刀せんほどの勢いでまくしたてる。

野次馬のひとりが叫んだ。

「許してやれ。洟垂れのやったことだろうが」

「そうだそうだ」

と、同調する者がつづいた。

「無礼者め」

浪人は前歯を剝《む》き、右手でがっと柄を握る。

あきらかに、目が据《す》わっていた。

おおかた、安酒でも喰《くら》っているのだろう。

父子が危ういと判断し、勘兵衛は大きく踏みだした。

すると後ろから、何者かが脇を擦り抜けていく。

年の頃は五十前後、恰幅《かっぷく》のよい商人風体の男だ。

浪人の面前に近づき、膝を折って正座する。

「お武家さま、どうかどうか、お気持ちをお鎮めくださいまし」

懇願する商人を、浪人はぎろりと睨《にら》んだ。

「おぬしは何だ」

「しがない研《と》ぎ師《し》にございます。どうか、そちらの父子を許してやってくださいまし」

「許すわけにはいかぬ。ただし、おぬしが身代わりになると申すなら、はなしは別だ」

浪人は不気味に笑い、二尺そこそこの刀を抜いてみせる。

勘兵衛は身構えた。

ほかの連中も抜かれた刀に目を吸いよせられている。

鈍い光を放つ刀身には、倶利伽羅《くりから》龍王《りゅうおう》が炎となって剣に巻きついた紋様が彫られていた。

「貪瞋痴《とんじんち》の三毒を破る智慧《ちえ》の利剣か」

発したのは、物知り顔の隠居であろう。

不動明王が手にする倶利伽羅剣かどうかは判然としないものの、銘刀であることは一目瞭然だった。

周囲にどよめきが起きるなか、浪人は刀を無造作に振りまわす。

つぎの瞬間、刀の切っ先が「研ぎ師」の鼻先でぴたりと静止した。

勘兵衛は下手に動くこともできず、様子を見守るしかない。

一方、切っ先を向けられた「研ぎ師」は、微動もせずに端座している。

胆《きも》の据わった男だ。少なくとも「しがない研ぎ師」ではあるまい。むしろ、刀を向けた浪人のほうがたじろいでいる。

「どうか、お刀をお納めくださいまし」

男の太い声が腹に響いた。つづけて何か囁《ささや》いたようだが、内容を聞きとることはできない。

浪人は真顔になり、すっと身を引いて刀を納めた。

男は表情も変えずに立ちあがり、膝の砂を払う。

そして、侍を先導しながら参道を引き返しはじめた。

人垣は左右に割れ、ふたりにつづこうとする野次馬も見受けられた。

男は足を止めて振りむき、毅然《きぜん》とした態度で言いはなつ。

「事は収まりました。こちらはお気になさらず、ご献納の銘刀をご照覧あれ」

説かれた連中は抗いもせず、何事もなかったかのごとく列に並びなおす。

勘兵衛は放っておけず、ふたりの背を追いかけるように山門から外へ出た。

男は立ち止まって懐中に手を入れ、抜きとった財布ごと浪人に手渡している。

「なるほど、そういうことか」

勘兵衛は苦い顔でつぶやいた。

小金を渡すという条件で、刀を納めさせたのだろう。

何でも金で解決するやり方は気に食わぬが、命懸けで父子を救った勇気は賞賛されるべきだ。

浪人は財布を握り、小唄を口ずさみながら去っていった。

見送る男の横顔に怒りの感情はなく、何を考えているのかもわからない。

労《ねぎら》いのことばを掛けようとおもい、勘兵衛は近づいていった。

相手はこちらに身を向け、会話を拒むように深々とお辞儀する。

片頬には小豆大《あずきだい》の黒ずんだしみがあった。罪人が艾《もぐさ》で焼いて消す刺青《いれずみ》の痕《あと》に似ていると、そんなことを考えながら、さらに一歩近づいても、男は顔をあげようとしない。

不逞《ふてい》浪人のやったことは強請《ゆすり》と何らかわらず、御定法に照らせば金を渡したほうも罪に問われる。十手持ちが関われば事が大袈裟《おおげさ》になりかねない。だから、みなかったことにしてほしいと、暗に訴えかけているのだ。

「わかったよ」

勘兵衛は気前よく承諾した。

「えっ、よろしいのですか」

男は驚いた顔で漏らす。

ほかの不浄役人と同様、袖の下を要求されるとでもおもったのだろう。

勘兵衛はうなずいた。

「いいさ。おめえさんの勇気に免じて、みなかったことにする」

「お役人さま、あの……御名を伺っても」

「名乗るようなものでもねえが、みんなにはうぽっぽと呼ばれている」

「うぽっぽの旦那」

「何処《どこ》かでまた会ったら、そう呼んでくれ」

仏の顔で微笑《ほほえ》み、勘兵衛は男に背をみせた。

国行の影打ちを拝む気は失せたが、山門を潜って列に並びなおす。

参道の途中で振りむけば、男はじっとこちらをみつめていた。

何かしてほしいことでもあるのだろうか。

どっちにしろ、並みの男ではなさそうだ。

勘兵衛が「しがない研ぎ師」の素姓を知ったのは、二日後のことであった。

二

二日後。

朝から鬱陶《うっとう》しい小雨が降っている。

勘兵衛は傘も差さず、市中の見廻りをつづけていた。

竜閑《りゅうかん》川を越えて神田の鍋町までやってきたのは、旬の蒸し穴子《あなご》を食べさせる店があるからだ。

されど、昼餉《ひるげ》の頃合いまでには、まだ半刻近くもある。

ひとつさきの佐柄木《さえき》町まで足を延ばし、馴《なじ》染みの研ぎ屋を覗いてみた。

ひょっとしたら、済海寺の出来事が頭の片隅にあったからかもしれない。

「よう、樽吉《たるきち》」

敷居をまたいで研ぎ師の名を呼べば、頑固そうな親爺《おやじ》が目尻に深い皺をつくった。

「これはこれは、うぽっぽの旦那」

「ちょいと立ち寄っただけだ。別に用はねえ」

丸茣蓙《まるござ》から腰をあげかけた樽吉を制し、勘兵衛は上がり端《はな》に腰を下ろす。

「仕事の邪魔をするつもりはねえんだ。茶もいらねえぜ」

「お腰のものを拝見しやしょうか」

「名人のおめえに研いでもらうまでもねえさ。何しろ、刃引刀だかんな」

「よろしけりゃ、十手のほうを研いでさしあげやすよ」

「ふうん、役人嫌いの樽吉が十手を研ぐのか」

「旦那は別格だ。あっしにとっては神さまみてえなもんです」

今から五年前、樽吉の一番弟子が盗みの濡《ぬ》れ衣《ぎぬ》を着せられそうになった。勘兵衛の粘り強い調べで訴人の証言が嘘だと判明し、弟子は何日も留めおかれた大番屋から解きはなたれた。樽吉はそのときの恩を片時も忘れたことがないという。

「弟子は上方で独り立ちしておりやす。所帯を持って子もできやしてね、何もかも旦那のおかげでさあ」

樽吉は眸子を細め、ふいに黙りこんだ。

「どうした、何か悩み事でもあんのか」

「いいえ、別に」

「水臭《みずくせ》えな。悩み事があんなら、打ちあけてみな。そのために、おれがいるんだぜ」

「へえ……」

樽吉は迷ったあげく、ぼそっとこぼす。

「……やっぱり、旦那にゃ黙っていられねえ。つい先だって、半年前に研いだはずの献上刀が持ちこまれてきたんでさあ。あっしの目に狂いはねえ。ええ、そいつが同じ刀だってことはまちがいねえんだ」

年頭などに大名家から公儀に献上される刀は千代田城内の刀剣所で厳格に管理され、年に一度以上はかならず、定められた御用研ぎのもとで研がねばならぬこととされていた。ただ、あまりに数が多いため、御用研ぎだけでは扱いきれず、幕府の許しを得たうえで、信頼のおける市中の研ぎ師たちにも研ぎの役目が振り分けられる。

献上刀はすべて銘刀ゆえ、扱いには慎重さが要求された。盗まれでもしたら研ぎ師の首が飛ぶため、持ちこまれた刀の銘は極秘にされ、口外することは許されない。

「お刀をお持ちになったのは、ご身分のたしかな御大身です」

「なにっ、旗本から持ちこまれたのか」

「へえ」

この道何十年の研ぎ師ならば、鞘から抜いた瞬間に献上刀とわかるはずだ。樽吉の言うとおり、けっして見間違えることはなかろう。

「御大身の殿さまはお供を連れて店に来られ、とある刀剣商から大枚叩《はた》いて買ったと仰《おっしゃ》いました。たぶん、あの目は嘘じゃねえ」

献上刀と知らずに購入したのだろうが、相手は身分の高い旗本でもあり、樽吉は疑念を口にすることができなかった。

「その刀、まだあんのか」

「ござりやす。五日後に駿河台の御屋敷へ届けてほしいと言われておりやす」

「そうか」

佐柄木町には、腕のたしかな研ぎ師たちが集まっている。樽吉が秘かに聞いてまわると、同じようなはなしがいくつかあった。つまり、以前に研いだはずの献上刀が、大身旗本ばかりか、大名家や豪商などの予期せぬ客から研ぎに出されてきたらしい。

「ふうむ、それが事実なら、面倒なことになるぞ」

本来であれば、千代田城の刀剣所に保管されているはずの献上刀が、いつの間にか市中に出まわっている。そうした疑念が生じるのだ。

献上品の使いまわしはよくあることで、それらを安く仕入れて売りさばく献残屋なる連中もいる。ただし、刀剣については献上した側の思い入れが強く、よほどの事情でもないかぎり、下げ渡しや転売は禁じられていた。

樽吉の抱いた疑念が事実ならば、捕り方としても見過ごせぬ案件だが、一介の臨時廻りには荷が重すぎる。

「そのこと、誰かに喋ったか」

「ええ、触頭《ふれがしら》には喋りやした」

「触頭」

「関八州《かんはっしゅう》の研ぎ屋を束ねていなさる親玉ですよ」

名は儀右衛門《ぎえもん》、芝口橋を渡ったさきの日蔭町に屋敷を構えているという。

「それで、触頭は何と言った」

「たしかな証しを掴むまでは、口外無用にしろとお命じに。だから、旦那にも黙っててほしいんです」

「そいつはわかった、約束しよう。でも、大丈夫なのか」

触頭が何処まで真相を究明できるのか、あるいは、本気で究明する気があるのかどうか。本人を知らぬ勘兵衛としては、甚《はなは》だ不安だった。

「ご心配にゃおよびやせん。触頭は道理をきちんとわきまえたお方です。それだけじゃねえ、胆も据わっていなさる」

樽吉は襟《えり》を正し、済海寺の境内で起こった出来事を語りはじめた。おそらく、野次馬のなかに知りあいがいたのだろう。語られたのは「しがない研ぎ師」が哀れな職人の父子を不逞浪人から救った逸話にほかならない。

勘兵衛は唸《うな》った。

「ふうむ、あの男が触頭だったのか。じつはな、その場に居合わせたのさ」

「さようでしたか。それなら、説くまでもありやせんね」

「おめえの言うとおり、儀右衛門は胆の据わった男だ」

うなずきつつ、勘兵衛は樽吉の膝元に目をやった。袱紗《ふくさ》のうえに、酷《ひど》く錆《さ》びついた刀が置いてある。

すかさず、樽吉が応じてみせた。

「こちらが気になられやすかい」

「ああ、とんでもねえ赤鰯《あかいわし》だな。そいつを今から研ぐのか」

「ええ」

何が出てくるか楽しみで仕方ないといった風情で、樽吉は目尻をさげる。

「お宝かもしれねえってことだな」

「まちがいありやせん。何しろ、触頭から直《じか》に持ちこまれた代物でやすからね」

「ほう」

銘は敢えて聞かなかったと、樽吉は嬉しそうに言った。

茎を研いで銘が浮かんだ瞬間の至福を味わいたいのだという。

触頭から信頼されていることが、何よりも誇らしいのであろう。

「旦那もご存じのとおり、あっしは十年前に上方から流れてきやした。お江戸じゃ新参者です。新参者のあっしが一人前の研ぎ師でいられるのは、触頭に目を掛けてもらっているからなんだ」

芝のほうには足を向けて寝られないと、樽吉は恐縮する。

「さあて、そろりと行かなくちゃならねえ」

勘兵衛は尻を持ちあげた。

「邪魔したな」

「何の御構いもできやせんで」

「いいのさ。じゃあな」

「あっ、旦那」

「どうした」

「献上刀のはなし、聞かなかったことにしていただけやせんか」

「約束したはずだぜ。おれはそんなにお喋りじゃねえ」

「承知しておりやす。余計なことを言っちめえやした」

「いいさ、またな」

額《ぬか》ずく樽吉を尻目に、敷居をまたいで外に出る。

暇潰しにはなったが、立ち寄ったことを後悔する気持ちもあった。

献上刀が市中に出まわっているかもしれぬ一件を、聞かなかったことにしてよいものかどうか。樽吉には大見得を切ったものの、やはり、十手を預る身としては見過ごすわけにもいくまい。

「すまねえが、調べさせてもらうぜ」

勘兵衛は渋い顔で吐きすてると、蒸したての長い穴子を食べるべく、鍋町のほうへ引きかえしていった。

三

南茅場町《みなみかやば》の大番屋から南へ進むと、八丁堀の中程に堀川が流れている。堀川に架かる木橋は「恐ろしい鬼の近所に地蔵橋《じぞうばし》」などと川柳にも詠《うた》われ、橋向こうには鬼に喩えられた同心たちの屋敷が並んでいた。

そのなかに勘兵衛の屋敷もあり、百坪足らずの平屋を囲む満天星《どうだん》の垣根が目印になっている。片開きの小門や中庭へ通じる垣根の簀戸門《すどもん》はいつも開いており、誰でも気儘《きまま》に出入りすることができた。

表店《おもてだな》は金瘡医《きんそうい》の井上仁徳《いのうえにんとく》に貸しているので、一日に何人かは怪我人《けがにん》が担ぎこまれてくる。市中の見廻りから戻っても、あたりまえのように患者の悲鳴は聞こえてくるし、傍《はた》からみれば落ちつかないことこのうえないのだが、すっかり馴れてしまったので気にはならない。

仁徳は豪放磊落《ごうほうらいらく》な人物で口の悪さは天下一品だが、所見の正確さには定評があり、斬殺死体や水死体の検屍《けんし》などにも長らく関わってきた。南北町奉行所のお偉方に知りあいも多く、不浄役人などは屁《へ》ともおもっていない。

乳飲み子の頃から仁徳に可愛がられたせいか、一人娘の綾乃は医術の道を志すようになった。定廻りの末吉《すえよし》鯉《こい》四郎《しろう》に嫁いでからも志を諦めきれぬようで、三日に一度は手伝いにやってくるのだが、今日はどうやら来ていないらしい。

日暮れが近づいても、仁徳の部屋からは怪我人の悲鳴が聞こえてきた。

「心配はいらぬ。あれだけ叫ぶ力が残っておれば、死にやせぬさ」

勘兵衛は縁側に座り、ぼそっと誰かに語りかける。

抹香臭《まっこうくさ》い仏間には、心の底から惚れたおなごの位牌がふたつ並んでいた。

ひとりはお静《しず》、もうひとりはおふう。好いていっしょになったのに三十年以上も失踪していた女房と、たがいに心を通わせながらもきちんと恋情を伝えられなかった居酒屋の女将《おかみ》、語りかけるとすれば、今は亡きふたりをおいてほかにいない。

「腹が減ったな」

安酒とご飯の残りはあっても、肝心の肴《さかな》がない。綾乃は五つの孫の世話でたいへんだろうし、婿《むこ》の鯉四郎は夜廻りに出掛ける頃合いだろう。

「尻は重いし、外に食べに出たくもない。どうしたらいい」

情けない顔で問うたところへ、音も無く簀戸が開いた。

笑いながらあらわれたのは、岡っ引きの銀次《ぎんじ》である。

「旦那、土産《みやげ》をお持ちしやした」

そう言って、魚籃《びく》を持ちあげてみせる。

「何だとおもいます、鮎《あゆ》ですよ」

「ほう、鮎か」

銀次は日本橋の芝居町に根を下ろし、女房のおしまに『福之湯《ふくのゆ》』という湯屋をやらせている。鮎はどうやら、湯屋の裏庭に掘られた井戸に迷いこんだらしい。日本橋界隈の井戸は地下の湧き水ではなく、神田上水を木樋で引きこんでいるため、水源のひとつの多摩川からごく稀に鮎が紛《まぎ》れこむのだ。

「七輪をお借りしやすぜ」

銀次は草履《ぞうり》を脱いで濡れ縁にあがり、勝手知ったる者のように奥へ向かう。

手渡された魚籃を覗くと、活きのよさそうなのが四尾も跳ねていた。

珪藻《けいそう》を餌にする鮎は「香魚」と言われているだけあって、触っても生臭くならない。

銀次は抱えてきた七輪に炭を入れた。

長い串と粗塩もあらかじめ携えている。

魚籃から鮎を摑みだし、口のほうから串を貫いた。

手慣れたもので、背骨に沿ってまっすぐに串を貫き、背鰭《びれ》、尾鰭、腹鰭の順に化粧塩を施《ほどこ》していく。

勘兵衛も負けてはいない。摑んだ鮎の口に串を刺しこみ、粗塩で化粧を施す。

酒の支度を済ませる頃には、七輪のなかに簡易な囲炉裏《いろり》ができあがっていた。

炭火を囲むように鮎の串刺しを刺したら、あとは気長に待てばよい。焼き加減は表三分に裏七分、化粧塩をしっかり施したので焦《こ》げる心配はなかろう。

「銀次、ありがとうよ」

「水臭えことを仰いますな」

同業の連中から「すっぽん」と呼ばれる岡っ引きは、誰からも袖の下を受けとらぬ清廉な勘兵衛の気質に惚れこみ、御用向きのことだけでなく、食事の支度や洗濯から庭の手入れまで、頼みもしないのに何でもやってくれる。信頼のおける相棒であり、家族も同然なのだ。

「まあ、一杯飲《や》ろう」

勘兵衛は燗酒《かんざけ》をぐい呑みに注《つ》いだ。

「もったいねえこって」

銀次はぐい呑みを抱え、くっくっと喉《のど》を鳴らす。

「ぷはあ、美味《うめ》え。旦那に注いでもらった酒は格別だ」

勘兵衛もぐい呑みをかたむけ、美味そうに酒を呑む。

「おっとそう言えば、小茄子の塩揉みがあった」

立ちあがって、平皿に小茄子を載せてきた。

朝の残りで色も変わっており、銀次は囓《かじ》った途端、塩《しょ》っぱそうな顔になる。

「へへ、肴にゃなりやすね」

「綾乃のお裾分けさ」

「そいつは稀少だ。稀少といえば、外に出まわるはずのねえ献上刀を御大身に売った野郎がわかりやした」

「おっ、そうか。さすが、すっぽんの親分だな」

「京橋具足町の古物商、備前《びぜん》屋《や》藤七《とうしち》でやす」

「初めて聞く名だな」

「上方から出てきて、まだ日が浅《あせ》えようで。そのわりには、店の構えがたいそう立派でしてね」

間口の広い二階建ての店だという。

「ふうん」

具足町は京橋の一等地、相当な蓄財がなければ店を構えることはできまい。

「怪しいな」

「突っついてみやすか」

はなしがまとまったところで、鮎がいい感じに焼けてきた。

香ばしい匂いにつられたのか、仁徳が白い泥鰌髭《どじょうひげ》をひくつかせながらやってくる。

「いい匂いがすんじゃねえか」

おもわず、勘兵衛は舌打ちした。

ご馳走があると、藪医者はかならず顔を出す。

纏う着物の胸や袖には、患者の返り血が付いていた。

「鮎だな。そいつをまさか、おめえらだけで食うのか」

「先生のぶんもごぜえやすよ」

慌てた銀次のことばにうなずき、仁徳はぐい呑みを拾う。

仕方ないので、ぬるくなった酒を注いでやった。

仁徳は一気に呑みほし、小茄子を摘《つ》まんで囓る。さらに、銀次から手渡された鮎の串焼きを熱がりもせず、口から白い湯気を吐きながら、むしゃむしゃ食べはじめた。

勘兵衛も負けじと、握った串焼きを横にしてかぶりつく。

鮎の香ばしさが鼻から抜け、いやが上にも食欲をそそられた。

「美味えな。銀次、もう一本寄こせ」

渋い顔で銀次が二本目を手渡すと、仁徳は両手に串焼きを持って交互に食べる。

「おいおい、行儀がよろしくねえぞ」

叱《しか》りつけても、聞きながされるのはわかっていた。

勘兵衛は呆《あき》れ顔になり、銀次のほうへ向きなおる。

「ところで、儀右衛門という触頭の評判はどうだった」

「正真正銘の名士ってやつで」

四十の若さで関八州に数多《あまた》いる研ぎ師の頂点に立ち、八年経った今では押しも押されもせぬ触頭になった。

「俠気があって差配に依怙贔屓《えこひいき》がねえってんで、悪く言う者はひとりもおりやせん。ただし……」

「ただし、何だ」

「……へい、鑑札を貰うにも袖の下は効かねえし、何から何までご立派すぎて敬遠する者もかなりいるとか」

「偉くなればかならず、やっかむ連中が出てくるってことか」

「それと、内儀がおりやせん。若《わけ》え時分から独り身を通しているようで」

「独り身なら、さぞかし宴席で人気があろうな」

「それが、浮いた噂はひとつもありやせん。宴席でも乱れたことはねえそうです」

「ふん、つまらねえ野郎だな」

吐きすてたところへ、事情を知らぬ仁徳が口を挟む。

すでに鮎を食べ終え、入れ歯の隙間を楊枝《ようじ》でせせっていた。

「そういう堅物にかぎって、込みいった事情を抱えているものさ。おめえたち、足許《あしもと》をすくわれねえように、せいぜい気を付けるんだな」

何でもわかっているような口振りで言い、満足そうな顔で部屋に戻っていく。

仁徳の丸い背中を見送りながら、銀次が笑いかけてきた。

「当てずっぽうでも、先生の勘はけっこう当たる。触頭が樽吉に預けた赤鰯ってのが、ちょいと気になりやすね」

たしかに気にはなるが、献上刀の一件とは別のはなしだ。

「献上刀のことは、どうするつもりでやしょうね」

町奉行所に訴える気があるなら、疾《と》うに訴えているはずだ。拠所《よんどころ》ない理由でもあれば別だが、そうでなければ研ぎ師たちに箝口令《かんこうれい》を敷いただけでも罪は免れない。

「一度会ってみるか」

勘兵衛がつぶやくと、銀次もゆっくりうなずいた。

四

翌早朝、京橋川に架かる三年橋のそばで、目の落ち窪んだ浪人の屍骸《むくろ》がみつかった。

勘兵衛は銀次とともに、靄《もや》がかった竹河岸《たけがし》の片隅に蹲《うずくま》っている。

朝露に濡れた筵《むしろ》のうえには、五分月代の遺体が仰向けに寝かされていた。

「まちがいねえ。三日前に済海寺で見掛けた浪人者だ」

「左胸をひと突き、そいつが致命傷でやすね」

「ほかに金瘡は」

「右手の甲に浅傷がありやす」

「小手打ちからの突きってことか。鮮やかな手並みだな」

一合交えたはずだが、浪人の腰に刀はない。

倶利伽羅龍王の彫られた刀が鞘ごと消えている。

殺《や》った相手が奪ったとすれば、刀の正体を知っていた公算が大きい。

「目当ては刀だったと、旦那はお考えで」

刀が消えている以上、そうであったとしてもおかしくはなかろう。

「済海寺にいた大勢の者が、倶利伽羅龍王を目にしたはずだ」

「そのなかに下手人がいるかもってことでやすか」

「まあな」

「研ぎ師の触頭なら、一目で銘刀かどうかは見分けはつきやしょう」

銀次の言うとおり、触頭の儀右衛門は刀の価値を即座に見抜いたにちがいない。しかし、かりに銘刀とわかったにせよ、良識のある触頭が浪人を殺《あや》めてまで刀を奪おうとするはずがなかった。

「ほかで刀を抜いたのかもしれぬし、とりあえず、済海寺の件にこだわるのは止《や》めておこう」

銀次は浪人の腰元をまさぐり、蒔絵《まきえ》に彩《いろど》られた印籠《いんろう》を外した。

「食い詰め浪人にしちゃ、高価な印籠を持っていやがる。ん、蒔絵が塗り直されているみてえだな」

「どれ。ふうむ、おめえの言うとおりだ」

「盗んだ品かもしれやせんが、蒔絵師の線から持ち主の素姓を探ってみやしょう」

「頼む」

「旦那はどうされやす」

「献上刀のこともあるし、触頭の顔でも拝んでくるかな」

「承知しやした。それじゃ」

銀次は去り、勘兵衛も竹河岸から離れた。

三十間堀に沿って南へ進み、芝口橋を渡れば右手は愛宕下《あたごした》、大名屋敷の大屋根には鯉《こい》幟《のぼり》や鍾馗《しょうき》幟《のぼり》や吹き流しがはためいている。今日は端午《たんご》の節句、菖蒲刀《しょうぶがたな》を手にした洟垂れどもが町中を駆けまわっていた。

芝口に近い日蔭町の路地裏には、紫陽花《あじさい》が艶やかに咲いている。

触頭の屋敷は表通りではなく、ひとつ裏手の一角にひっそりと建っていた。

小金を渡した不逞浪人が殺められたと聞いて、どのような反応をみせるのか。

そのあたりも確かめてみたいが、樽吉の名は出さずに、献上刀のこともさりげなく質さねばなるまい。独自で調べを進めているようなら、調べた内容を聞きだしてやろうとおもった。

勘兵衛はきゅっと襟を寄せ、表口に近づいていった。

すると、裏手に通じる脇道から、渡り中間《ちゅうげん》風の男がやってくる。

勘兵衛は足を止めて後退《あとずさ》り、さっと物陰に隠れた。

男は懐中から小判を一枚取りだし、何をするかとおもえば端を齧ってみせ、ほくほく顔で遠ざかっていく。

見掛けたことのない顔だ。

「怪しいな」

あの手の男は、強請集《たか》りと相場は決まっている。

追いかけようとすると、空駕籠《からかご》が一挺《ちょう》滑りこんできた。

勘兵衛はまた物陰に引っ込み、表口を睨みつける。

ほどもなく、触頭の儀右衛門があらわれた。

駕籠が静かに動きだす。

勘兵衛は裾を捲《まく》り、駕籠尻を追いかけた。

触頭を乗せた駕籠は大路をのんびりと南へ向かい、源助《げんすけ》町、露月《ろうげつ》町、柴井《しばい》町、宇田川《うたがわ》町と、東海道に沿った芝の町々をたどる。

神明町を過ぎて右手に目をやれば、増上寺《ぞうじょうじ》の大門がみえた。

駕籠は新堀川に架かる金杉橋を渡り、まっすぐ芝浜をめざす。

曇天が割れ、陽光が射しこんできた。

一条の光に照らされた海面が煌《きら》めき、おもわず目を細めてしまう。

松林の向こうには海鳥が群れとび、蒼《あお》い沖合には白い帆船が浮かんでいた。

「これだな」

大縄手の散策で求めていた絶景にほかならない。

景色に気を取られても、的を見逃す恐れはなかった。

駕籠の歩みは鈍く、小走りにならずとも余裕で追いつけるからだ。

縄手に沿ってしばらく進むと、済海寺へつづく横道にたどりついた。

駕籠は曲がりもせず、高輪の大木戸をも越えて車町までやってくる。

牛車の牽《ひ》き手が多く住んでいた名残から「牛町」とも称されるあたりで、駕籠はひょいと横道に逸《そ》れた。

うっかり見逃していた恐れもあろう。

小走りに追いかけると、曲がったさきの道端に駕籠は止まっていた。

先棒と後棒は地べたに屈《かが》み、美味そうに煙管《キセル》を燻《くゆ》らしている。

客は降り、横道と交差する何《いず》れかの路地に向かったのだろう。

勘兵衛は素知らぬ顔で駕籠脇を通りすぎ、まっすぐに歩みを進めた。

道は大きな寺の山門に通じているのだが、山門へ到達するまでに三本の路地と交差している。

一本目の路地で左右をみながら通りすぎ、二本目の路地も同じように通過した。

いずれの路地にも棟割長屋が並んでおり、洟垂れどもが走りまわっている。

三本目の路地で右手をみるなり、勘兵衛はそちらへ足を向けた。

触頭のすがたを見定めたわけではない。

馴染みのない者が通った空気の揺らぎを感じたのだ。

長年の経験で培《つちか》われた勘働きには自信がある。

薄暗い路地のどんつきには、黒板塀の平屋が建っていた。

「あそこか」

一見すると妾宅風だが、そうである確信はない。

物陰から窺《うかが》ってみることにした。

すると、板戸が唐突に開き、内から黒羽織の男が出てくる。

触頭の儀右衛門だった。

「いつも、申し訳ござりませぬ」

見送りに出てきた老女が、目をしょぼつかせながら腰を曲げた。

儀右衛門も身を屈め、老女の手を取ろうとする。

「お顔をあげてくだされ。あたりまえのことをしているだけです」

「いいえ、あなたのお情けに縋《すが》って、わたくしどもは生きながらえているのですよ」

「どうか、そんなふうにおもわないでください。情けは人のためならずとも申します」

「せめて、おみちが正気に戻ってくれれば」

「焦ってはいけませぬ。おみちさまはかならず、正気に戻りましょう。それではまた、半月ののちに」

「ほんとうに御礼の言いようもございませぬ。南無阿弥陀仏《なむあみだぶつ》、南無阿弥陀仏……」

老女は声を震わせ、仕舞いには合掌しながら経まで唱えだす。

おみちとはいかなる素姓の相手なのか、どうしても知りたくなった。

儀右衛門は後ろもみずに遠ざかり、四ツ辻で左手に折れてしまう。

待たせてある駕籠に乗り、日蔭町の屋敷へ戻るのだろう。

勘兵衛は老女が消えた板戸をみつめ、ふいに袖をひるがえした。

直に訪ねても疎《うと》んじられるだけであろうから、隣近所の評判を尋ねてまわろうとおもったのだ。

さきほど通りすぎた二番目の路地を曲がると、木戸内で洟垂れどもが遊んでいた。

五人ばかりがどぶ板を挟んで菖蒲刀を構え、武者をまねて打ちあっているのだ。

勘兵衛は地べたに捨ててあった菖蒲刀を拾い、洟垂れどものなかに躍りこんでいった。

「われは大江山の酒呑童子《しゅてんどうじ》ぞ。渡辺綱《わたなべのつな》は何処じゃ。坂田金時《さかたのきんとき》はおまえか。わしを成敗できると申すなら、真正面から掛かってこぬか」

「いざ、成敗いたす」

年長の洟垂れに斬りつけられ、勘兵衛は大袈裟に身を反らせた。

「くっ、やられた」

「わああ」

ほかの洟垂れが一斉に菖蒲刀を掲げ、おもいきり叩きつけてくる。

こんなふうに子らの気を惹《ひ》けば、こっちのものだ。

「やられた。観念じゃ」

勘兵衛はその場から逃れ、息を弾ませながら井戸端へ向かう。

嬶《かか》ぁのひとりが洗濯の手を止め、頼みもせぬのに柄杓《ひしゃく》で水を汲んでくれた。

「おっ、すまぬな」

勢いよく水を呑みほし、嬶ぁに満面の笑みをかたむける。

「よくみれば、たいそうな別嬪《べっぴん》じゃねえか。旦那にゃ可愛がってもらっているかい」

「ふふ、嫌だねえ。この旦那、軽口がお好きみたいだよ」

言われた嬶ぁも微笑み、ほかの嬶ぁも口が自然に軽くなる。

「ところで、ひとつ聞きてえことがあってな。そこの路地を右に曲がったどんつきの……」

「黒板塀の平屋ですか。住んでいるのは、可哀相《かわいそう》な四十年増と老いた母親ですよ」

「へえ、古いのか」

「二年前にふらりとやってきましてね、ええ、あそこは以前、油問屋の旦那がお妾《めか》を住まわせていたんですが、お妾が何処かへ消えちまって、しばらく空き家になっていたんです。気づいてみたら、新たにおふたりが住んでいたというわけで」

「賃仕事はしていねえみてえだし、蓄えのある寡婦《やもめ》と娘でもなきゃ、あそこにゃ住めねえだろう」

「近所付きあいもござんせんが、ずいぶんむかしに亡くなった父親は腕のいい研ぎ師だったらしいですよ」

「へえ、研ぎ師か」

「半月に一度、商家の旦那が駕籠で訪ねてこられますけど、ひょっとしたら、そのお方が母娘ともども囲っているのかも。そのわりには長居せずに、いつもそそくさと帰られる。どうしてなんだろうって、さっきも噂していたところなんですよ」

「なるほどな、訪ねてくる旦那の素姓はわからねえわけか。仕舞いにひとつだけ聞かせてくれ。その四十年増、どうして可哀相なんだ」

「あたしゃ一度しか見掛けたことがないんですけどね、どうやら口がきけないらしいんですよ」

「口が」

「ええ、幽霊みたいに痩せてるってだけで見てくれはわるくないんだけれど、声を失っちまったとかで」

聞きだしたいことはもうない。

勘兵衛は礼を言い、朽ちた木戸口のほうへ向かった。

五

翌日の午後、勘兵衛は銀次をともない、京橋具足町にある備前屋藤七の店へやってきた。

殺められた浪人が所持していた印籠から、備前屋と浪人との接点が浮かびあがった。銀次が探しあてた蒔絵師の証言により、印籠は備前屋から塗り直しを依頼された品と判明したのである。

「でかしたぞ、銀次」

「なあに、たまたまでやすよ」

蒔絵師が依頼を受けたのは十日ほどまえのはなしで、印籠は手間賃と交換に備前屋へ戻されていた。その印籠がどうしたわけか、浪人の手に渡ったのだ。

広い敷居をまたぐと、辛気臭い五十男が内証から鶴首を伸ばした。

「主人の藤七は、おめえか」

銀次の物言いに、鶴首はむっとする。

「へえ、手前が藤七にござります。何かご用で」

内証から立ちあがり、油断のない眼差《まなざ》しをくれる。

勘兵衛は腰を屈め、壁際に並んだ刀剣を眺めていた。

備前屋は古物商だが、壺《つぼ》や茶碗ではなく、刀剣や具足を主に扱っているようだ。

ざっと眺めただけだが、平地に倶利伽羅龍王が彫られた刀はない。かりに所持しているとしても、目立つところに置くはずはなかろう。

あきらめて上がり端に座ると、備前屋は丁稚《でっち》に茶を持ってこさせる。

勘兵衛は出涸《でが》らしの茶をひと口ふくみ、残りを三和土《たたき》にぶちまけた。

丁稚は身を縮め、備前屋は息を呑む。

厄介な十手持ちを演じるのも手の内、勘兵衛はぞんざいな口調で名乗った。

「臨時廻りの長尾勘兵衛だ。そっちは芝居町の銀次、仲間内じゃすっぽんの異名で呼ばれている。ふふ、食いついたら雷が鳴るまで放さねえぜ」

「お初にお目に掛かります」

備前屋はどうにか持ちなおし、殊勝な顔で床に正座する。

勘兵衛はわざと横柄な態度に出た。

「この一角はたしか、去年の暮れまで更地だったはずだぜ。銀次、まえの店は何だっけな」

「絵草紙屋でやすよ。商売熱心な主人夫婦でやしたが、小火《ぼや》を出して闕所《けっしょ》になり、店をたたんじまった」

「そうだったな。付け火の疑いもあったが、下手人は捕まらず仕舞い。主人夫婦のしょぼくれたあのすがた、みちゃいられなかったぜ」

備前屋は我慢できず、苛《いら》ついた口調で言った。

「絵草紙屋のことなんぞ、手前は何ひとつ知りません」

「そらそうだろう。おめえは年明け早々に上方からやってきた。そして、京橋の一等地に、二階建ての立派な店を構えてみせた。あっという間の出来事さ。手妻をみせられているみてえだぜ」

「一所懸命に稼いだ蓄えで建てた店にございます。世間さまから後ろ指を差されるようなまねは何ひとつしておりませぬ」

「阿漕《あこぎ》な商人は、みんなそう言うのさ」

勘兵衛は袖口をまさぐり、印籠を取りだして床に抛《ほう》った。

備前屋はぎょっとする。

「みおぼえがあるみてえだな」

「……こ、これが、どうして」

「臨時廻りの手に渡ったのか、知りてえか」

「是非とも、お教えください」

「そのめえに、印籠をどうやって手に入れたか喋ってもらおうか」

「質流れのお品にございます。一目すれば、掘り出し物とわかります。それゆえ、剝げかけた蒔絵を塗り直し、店頭に飾っておりました」

「そいつを客が気に入った」

「はい」

「どんな客だ」

「元幕臣のご浪人にございます」

店を訪れたのは一昨日のことらしい。ほとけになった浪人だとすれば、殺められた前日に客として訪れ、印籠を買ったことになる。

「どうしても譲ってほしいと仰るので、言い値でお売りいたしました」

「言い値で」

「以前は具足方のお役人だったそうで。なるほど、店に並べた具足や刀剣の価値をよくご存じでした。印籠も手前が望む値とさほど変わらなかったもので、言い値でお譲りしたのでございます」

「浪人の名は」

さりげなく質すと、備前屋は下を向く。

「それだけはご勘弁を」

商売人の信用に関わるので、客の名を口にはできぬという。

「おもしれえ。そいつは目の落ち窪んだ五分月代の野郎じゃねえのか」

「……そ、そうです」

「だったら、まちがいねえな。そいつは死んだぜ。昨日の朝、竹河岸で冷たくなっていやがった」

「げっ」

「知らなかったらしいな。それとも、知らねえふりをしているのか。おめえを訪ねた理由がわかっただろう。さあ、浪人の名を教えな」

備前屋は俯《うつむ》き、声を震わせる。

「……か、梶谷平六《かじたにへいろく》さまでござります」

「元具足方の梶谷平六か」

古い武鑑を調べれば、素姓は判明するだろう。

「それで、言い値ってのはいくらなんだ」

「三両にござります」

「浪人のくせに、三両もの金をよくぞ携えていやがったな」

「刀を売って手にした金の一部だと仰いました。前日までは倶利伽羅龍王の紋様が彫られた銘刀を差しておられたとか。どうして、そちらを譲ってくれなかったのだと、冗談半分に申しあげたのをおぼえております」

印籠を売った経緯については、備前屋のはなしを信じてもよさそうだ。

勘兵衛は、するりと話題を変えた。

「おれも商売柄、銘刀と鈍刀《なまくら》の区別くれえはつく。店に飾ってある刀は、どれもかなりの値打ち物だな。ひょっとして、あのなかに献上刀も交じってんじゃねえのか」

唐突に切りこみ、相手の反応をじっと窺う。

一瞬、備前屋は眸子を宙に泳がせた。と、同時に、きっぱり否定する。

「まさか、献上刀などあるはずもございませぬ」

「ほう、そうかい」

「闇で売り買いでもしたら、即座に首が飛びましょう」

「わかってんじゃねえか。でもな、おめえから献上刀を買った御大身をみつけちまったのよ。それについては、どう言い訳する気だ」

「何かのまちがいにござります。手前はけっして」

「売ってねえと言い張るわけか。でもな、おれはおめえを信用できねえ。上方から来たからっていう理由じゃねえ。むかし、献上刀を闇で売り買いする悪党がいてな、その野郎とおめえの顔が重なってみえるのさ」

「その悪党は捕まったのですか」

「ああ、おれが捕まえた。ただし、獄門台へは送らず、一等罪の軽い八丈島送りにしてやった。どうしてか、聞きてえか」

「へえ、お教えくださいまし」

「そいつに、献上刀を横流しした役人を売らせたのさ。おかげで、役人は腹を切った。一件落着というわけだ。おめえも獄門《ごくもん》台送りになりたくなかったら、知っていることを洗いざらい吐くんだな。こいつは親心で言っているんだぜ」

「親心にございますか」

備前屋はすっと立ちあがり、内証から袱紗の包みを携えてくる。

そして、何も言わず、包みを床に滑らせた。

「そら何だ」

「ただの餅《もち》にございます。お好きなら、お納めください」

「ふん、そうかい。餅なら貰っておくか」

勘兵衛は包みを握り、平伏《ひれふ》す備前屋の頭のうえに突きだす。

袱紗を開くと、小判が十枚ほど五月雨《さみだれ》となって頭に落ちた。

「……な、何をなされます」

備前屋は怒りで顔を朱に染める。

勘兵衛は真上から睨《ね》めおろした。

「餅を渡す相手をまちがえちゃいけねえ」

長尾勘兵衛に袖の下は通用しない。江戸にも骨のある十手持ちがいることを、備前屋は思い知ったことだろう。

勘兵衛は袖をひるがえし、銀次ともども店を出た。

主人に言いつけられた丁稚が、塩を片手に追いかけてくる。

「ふふ、撒いてみろ。ほれ、相撲《すもう》取りみてえに派手に撒け」

丁稚を煽《あお》っている自分が嫌になってきた。だが、良かれ悪しかれ、初対面の相手には垣根を低くしておくにかぎる。多少の軋轢《あつれき》が生まれなければ、訪ねる意味はなかろう。

「あれだけ詰めておきゃ、悪党なら食いつきやしょう」

銀次が慰《なぐさ》めてくれるとおり、備前屋がじたばたしてくれればしめたものだ。

ともあれ、殺められた浪人の素姓はわかった。

初対面にしては得るものが多かったと、みずからを納得させる。

勘兵衛は銀次と別れ、日本橋のほうに向かった。

そろそろ、婿の鯉四郎に助力を請うたほうがよいのかもしれぬ。ところが、どうでもよい意地が邪魔をして、いつもこちらから声を掛けるのを躊躇《ためら》ってしまう。

「ひとりでも何とかなるさ」

勘兵衛はうそぶき、両袖を靡《なび》かせながら大路を歩きはじめた。

六

日本橋川と竜閑川も越え、鎌倉河岸を通って佐柄木町までやってきた。

研ぎ師の樽吉を訪ねたのは、赤鰯の正体を知りたいとおもったからだ。

「それが、まだ研いじゃおりやせん」

樽吉は申し訳なさそうに言う。

「別に謝ることはねえが、何か事情《わけ》がありそうだな」

「じつは、別の刀をさきに研いでほしいと、触頭に頼まれやしてね」

「ほう、儀右衛門が店に訪ねてきたのか」

「へえ」

訪ねてきたのは昨日、陽が落ちてからだったという。

樽吉はすっかり気に入られ、事情ありの仕事を任されるようになったらしい。

「その刀、みせてもらえるかい」

「へえ、ようござんすよ」

あっさり応じてくれたので、勘兵衛は驚いた。

「いいのか」

「ええ、うぽっぽの旦那は別格なんで。触頭にも旦那のことを喋っちめえやした」

廻り同心では、唯一、信のおける旦那だと告げたら、儀右衛門はいずれ近いうちに会ってみたいと応じたらしい。

「献上刀のこともごぜえやすし、旦那に一度相談してみるのはどうかと、差し出口まで叩いちまって」

「それなら、こっちから訪ねてみるかな」

駕籠を追いかけたことは言わず、勘兵衛は惚《とぼ》けてみせる。

「そういえば噂で聞いたのだが、触頭は妾を囲っていねえか」

「妾の影なんぞ、これっぽっちもござんせんよ」

「そうか、ならいいんだ」

「気になりやすね、その噂」

「なあに、井戸端に集まった嬶ぁどもの噂話さ」

「触頭に浮いた噂はござんせん。おなご絡みで聞いたはなしといえば、二年前に鈴《すず》ヶ森《もり》で行き倒れになった母娘を助けたことくれえだな」

「ちょっと待て。その母娘、どうなった」

「さあ、どうなったかまでは存じません」

　鈴ヶ森と言えば、頭に浮かぶのは浜辺の刑場だ。

「ええ、みつけたのは刑場のそばだったとか」

　行き倒れの母娘とは、黒板塀の平屋に住んでいるふたりにちがいない。

　どうして、母娘は刑場のそばで倒れていたのか。

　儀右衛門のほうも妙だ。何故《なぜ》に、鈴ヶ森の辺りを彷徨《うろつ》いていたのだろうか。

　本人に尋ねてみなければ、真実はわかるまい。

　樽吉が儀右衛門に頼まれた刀を抱えてきた。

「こちらでごぜえやす」

「あっ」

　一瞥するなり、声が出た。

「へへ、驚かれやしたね。見事な刀でごぜえやしょう」

　平地に倶利伽羅龍王の彫刻がある。刃長といい、胸を刺されて死んだ不逞浪人の刀にちがいない。

「流麗な板目肌も見事なら、刃文にちりばめられた地沸《じにえ》も力強い。一見しただけで刀の価値はわかりやす。どうぞ、茎をご覧くだせえ」

樽吉に誘われ、勘兵衛は眸子を瞠《みは》った。

「ん、銘は国行。来国行か」

「茎の裏もご覧くだせえ」

金象嵌で「影法師」と鐫《き》られている。

「ひょっとしたら、不動国行の影打ちかもしれやせん。かの織田信長公から明智光秀、さらには太閤秀吉から大権現家康公の手に渡った銘刀のなかの銘刀、その影打ちとなりゃ、刀の価値は計り知れねえ……そう言えば、旦那は済海寺で国行の影打ちをご覧になったんですよね」

「いいや、途中で止めた。並ぶのが鬱陶しくなってな」

「そうでやしたか」

樽吉は国行の由来などを語りはじめたが、勘兵衛は半分も聞いていなかった。

どうして、死んだ浪人の刀が儀右衛門からもたらされたのか。

頭のなかでは疑念が渦巻いている。

「……旦那、どうかしやしたか」

「ん、別に」

樽吉には黙っておこう。余計な心配をさせたくはない。

勘兵衛は平静を装った。

「赤鰯のほうも楽しみにしておるぞ」

「へえ、銘がわかったら、まっさきにお知らせしやすよ」

研ぎ師のもとを去り、重い足取りで来た道を戻りはじめる。

立ち寄ったことを後悔する気持ちが少しあった。

儀右衛門に浪人殺しの疑いが生じてしまったのだ。

ほかの廻り方ならば、有無を言わさずに縄を打つところだろう。

大番屋の仮牢で責め苦を与え、無理にでも罪を吐かせようとするかもしれない。

勘兵衛は躊躇った。

済海寺で身を挺《てい》して職人父子を助けた儀右衛門が、浪人殺しに関わっているとはおもえぬからだ。

それにしても、何かに導かれているような気がしてならない。

封印された出来事をほじくり返してほしいと、耳許で誰かがしきりに囁くのだ。

囁いているのは、儀右衛門であろうか。

すぐにでも会ってはなしを聞かねばならぬと、勘兵衛はおもった。

夕陽が大きく西にかたむいている。

夕河岸の喧噪を背にして日本橋川を渡り、大路ではなく三十間堀沿いの土手道を進んだ。

道端には半夏《はんげ》とも称される烏《からす》柄杓が生えている。

堀川に荷船が行き交う光景を眺めながら歩いていると、背中に突き刺さるような眼差しを感じた。

誰かいる。

はっきりとはせぬが、尾行されているのかもしれない。

ちょうど、堀川に架かる三原橋の手前まで達していた。

振り返らずにひょいと左手に曲がり、三原橋を渡ってまっすぐ進む。

このまま大名家の狭間《はざま》を進めば築地《つきじ》川に行きつくが、川の手前には馬の教練などにも利用される采女《うねめ》ヶ原があった。危うい賭けだが、勘兵衛は人気《ひとけ》のない野面《のづら》へ誘いこみ、相手の正体を見極めようとおもったのだ。

夕陽を背にして采女ヶ原へ踏みこむと、紫の靫草《うつぼぐさ》が点々と咲いている。

杉林のそばには石仏があり、石仏の脇には白い十字のどくだみが咲いていた。

いずれも梅雨の真っ盛りに咲く野草である。

雨は降らずとも、じめじめした鬱陶しさは如何《いかん》ともし難い。

石仏の正体は馬頭観音であった。

紅白の饅頭《まんじゅう》が供物に捧げられている。

勘兵衛は一礼し、さらにさきへと進む。

追ってくるとすれば、侍であろう。

そんな予感がした。

古物商の備前屋を突っついた成果が、さっそく、かたちになってあらわれたにちがいない。

「ほら、来てみろ」

首の骨をこきっと鳴らし、勘兵衛は振り返った。

馬頭観音の向こうに、怒り肩の編笠侍が立っている。

気配の殺し方から推せば、相当に腕が立つとおもわれた。

勘兵衛は腹を決める。

いつなりと死んでもいい。

それだけの覚悟を決めねば、あっさり斬られるにちがいない。

落陽の瞬間、野面は真紅の毛氈《もうせん》を敷いたようになった。

どくだみも釈草も燃えている。

編笠侍は大股で歩き、十間の間合まで近づいてきた。

とんでもない殺気を放っている。

どうやら、殺る気らしい。

「おめえさんが、梶谷平六を殺めたのかい」

挨拶替わりに、当てずっぽうの問いを投げた。

「問答無用」

編笠侍は唸り、腰の刀を抜きはなつ。

二尺五寸はある腰反りの強い刀だ。

梶谷を殺めた太刀筋《たちすじ》は、小手打ちからの突きである。

勘兵衛は反芻《はんすう》しながら、背帯の十手に手をやった。

位置だけ確かめて抜かず、腰の刀を抜く。

相青眼《あいせいがん》に構えたが、刀身に輝きはない。

刃引刀なのだ。

それでも、相手の初太刀を弾く程度の役には立とう。

むしろ、頼りになるのは、一尺二寸ほどの脇差であった。

ただし、脇差を使うには、相手の懐中に飛びこまねばならぬ。

「斬り結ぶ太刀の下こそ地獄なれ、踏みこみみればあとは極楽」

ぶつぶつと誰かの戯《ざ》れ句を唱え、勘兵衛は眸子を瞑《つむ》った。

「ふん、念仏を唱えおったか。願いどおり、あの世へおくってやる」

相手は編笠をはぐりとり、右八相の構えで迫ってくる。

ぱっと、勘兵衛は眸子を開けた。

真正面には悪相がある。

「くりゃ……っ」

前歯を剥いて唸り、袈裟懸《けさが》けを浴びせてきた。

初太刀を下から弾くと同時に、刃引刀がぐにゃりと曲がる。

芯を逸れた刃に襲われ、左腕を浅く裂かれた。

めげずに右手を後ろにまわし、腰帯から十手を引き抜く。

「くらえ」

相手の顋を狙って突きあげた。

「おっと」

余裕で躱《かわ》され、すぐさま、小手打ちがくる。

反転して避けるや、間髪《かんはつ》を容《い》れずに突きがきた。

「死ねっ」

「くっ」
勘兵衛は半身になり、懐中に飛びこむ。
このとき、左の逆手で脇差を握っていた。
十手に気を取られた相手は、ぐっと身を固める。
――ひゅん。
水平の軌道を描いた刀が、肋骨《ろっこつ》の下を斬った。
肉を裂いたのは確かだ。
「ぬおっ」
相手は刀を掲げようとして、激痛に顔を歪《ゆが》めた。
さらに飛びこもうと身構えると、蹌踉《よろ》めきながら踵《きびす》を返す。
そして、こちらに背中をみせ、前傾姿勢で懸命に逃れていった。
あとを追う力は残っていない。
がっくり片膝をつき、脇差を支えに起きあがる。
どうにか歩みを進め、馬頭観音のところまでたどりついた。
おもったとおり、梶谷平六を殺めた野郎だったな。
満足げに微笑み、馬頭観音に凭《もた》れて座る。

供物の饅頭に手を伸ばし、途中で止めた。

あたりは薄暗く、冷たい川風が吹いてくる。

「ちと、疲れたな」

少しばかり休んでいこうとおもい、そのまま勘兵衛は眠りに就いた。

七

目が覚めると、布団のなかで眠っていた。

――ちゅんちゅん。

雀《すずめ》の声が聞こえてくる。

庭の紫陽花が人の生首にみえたが、ここは地獄ではなかろう。

「……父上、父上」

泣き笑いの顔で覗きこんできたのは、娘の綾乃にちがいない。

「もう少しで死んでしまうところだったのですよ」

築地《つきじ》本願寺《ほんがんじ》の参道沿いに床店を張る土産物屋の女将が、毎夜、采女ヶ原の馬頭観音に供物の饅頭を捧げていた。親切な女将がみつけてくれたおかげで、勘兵衛は九死に一生を得たのだという。

「馬頭観音のお加護で助かったってわけか」

「女将さんには感謝してもしたりません」

　念仏でも唱えねばなるまい。

　ぴしゃ、ぴしゃっと、小さな手で顔を叩かれた。

「こら、止めなさい」

　叱られているのは、五つになった綾《あや》であろう。

　目に入れても痛くない孫娘に額を叩かれ、勘兵衛はようやく正気に戻った。

　半身を起こそうとした途端、左腕に激痛が走る。

「傷口が開きます。ご無理をなされますな」

「綾乃、おぬしが手当てしてくれたのか」

「先生にやっていただきました。わたしはお手伝いしただけです」

「浅傷であろう」

「そうでもないですよ」

「いいや、そうにちがいない。わしがわからぬとでも申すのか」

「何年経っても無茶を止めない。命がいくつあっても足りませんね」

つんけんした口調で皮肉を口走り、綾乃は綾を連れて廊下へ逃れる。

代わりに、鯉四郎が大柄なからだを近づけてきた。

「義父上《ちちうえ》、だいじござりませぬか」

「おう、掠《かす》り傷だ」

「献上刀の件もふくめて、事の一部始終は銀次から聞きました。水臭いですよ。どうして、お教えくださらなかったのですか」

「おぬしの手を煩わすのは、まだ早いとおもうてな。まあ、勘弁しろ」

「はあ」

あらためて質せば、傷を負ったのは昨夜ではなく、一昨夜であったという。

「くそっ、一日半も寝ておったのか」

「襲った相手の素姓はわかりませぬ。京橋具足町の備前屋は、銀次に張りこませております。それから……」

と、言いかけ、鯉四郎は渋い顔で黙りこむ。

「どうした。何かあったのか」

「ええ、それが」

さきほど、高輪大木戸のそばで、渡り中間らしき者の死体がみつかったという。

「報《しら》せてくれた小者によれば、左胸をひと突きにされていたとかで」

「梶谷平六と同様の手口ではないか」

勘兵衛は痛みを堪えて起きあがり、枕元にたたんであった着物に手を通す。

「鯉四郎、手伝え」

「はあ、しかし……」

「行かねばならぬ。おぬしとて、廻り方の端くれならばわかるはず。綾乃のように文句を言うな」

「はっ」

鯉四郎に手伝わせて支度を整えたところへ、綾乃が粥《かゆ》を運んできた。

「どちらへ行かれるのですか」

厳しい調子で詰問され、勘兵衛は膨れ面になる。

「お役目だ。口出しするな」

「それほど死にたければ、勝手にお行きなさるがよい。それにしても、鯉四郎さまもどうしてお止めにならぬのか」

ぐうっと、腹の虫が鳴った。

つられたように、鯉四郎も腹の虫を鳴らす。

「せっかくだから、粥を啜ってからまいろうか」

勘兵衛のことばに、鯉四郎は安堵の溜息を吐いた。

綾乃は膨れ面のまま、給仕役だけはつとめてくれる。

鯉四郎には粥ではなく、梅干し入りの大きな握り飯が出された。

大食いが取り柄の婿は、腹にいちもつのない鯉幟のような男だ。皐月《さつき》生まれの四男坊ゆえ、鯉四郎と名付けられたらしい。

鼻筋の通った見栄えのする面つきだが、どことなく蔭がある。父は幕府の勘定方で、身におぼえのない公金横領の罪に連座して腹を切らされた。母と兄弟も亡くなり、幼い鯉四郎は祖母のもとで育てられたのだ。小野派一刀流の遣い手だったこともあり、紆余曲折を経て南町奉行所へ引きぬかれたが、そのときに勘兵衛が指南役を仰せつかった縁で、娘の綾乃と結びついた。

定廻りになって八年目、脂の乗ってくる頃合いだが、酸いも甘いも嚙みわけねばならぬ不浄役人にしては純粋すぎる。それがよいところでもあり、勘兵衛も気に入ってはいるのだが、一方では、意地を張って正義を貫きすぎ、大怪我をせねばよいがと案じていた。

いずれにしろ、鯉四郎が加勢してくれれば百人力であることはまちがいない。

ふたりは腹ごしらえを済ませ、怒りの冷めぬ綾乃に見送られて屋敷をあとにした。

さほど速くも歩けず、高輪大木戸へたどりついたのは正午前、すでに、渡り中間らしき男の遺体は番屋の裏手に移されている。

番太郎がほとけの素姓を教えてくれた。

高輪にある大名家の中間部屋に出入りする博打《ばくち》打ちで、なまこの弥源太《やげんた》という小悪党らしい。

さっそく検屍におよび、勘兵衛は目を疑った。

「義父上、どうされましたか」

「この男、みたことがある……あやつだ、まちがいない」

芝日蔭町にある触頭の屋敷を訪ねようとしたとき、勝手口のほうから脇道を通ってあらわれた男だ。

「二人目ですね、触頭と関わりのある者が死んだのは」

触頭からせしめたのであろう小判の端を囓り、ほくほく顔で遠ざかっていった。

手の甲に金瘡はない。刺された胸の金瘡を調べ、勘兵衛は首をかしげた。

「この傷は刀じゃねえな。匕首《あいくち》のようだぜ」

「殺めたのは、義父上を襲った侍ではないと」

「そういうことになろうな」

「ならば、いったい……」

ふたりの脳裏に浮かんだのは、触頭の儀右衛門にほかならない。

小悪党に強請られていたとすれば、殺める理由があったことになろう。

「日蔭町まで戻りますか」

「いいや」

鯉四郎に言われ、勘兵衛は首を横に振った。

気になるのは、死体が高輪大木戸のそばでみつかったことだ。

目と鼻のさきの「牛町」には、母娘の暮らす黒板塀の平屋がある。

「さきにそっちへ行ってみよう」

勘がはたらいた。

「承知しました」

鯉四郎も同意する。

牛町の横道に逸れ、三つ目の路地を右手に折れる。

どんつきの屋敷まで進み、鯉四郎に命じて木戸を敲《たた》かせた。

――どんどん、どんどん。

返答はない。

鯉四郎が蹴破ろうと身構えたところへ、辻向こうから嬶ぁが走ってくる。

「旦那、お屋敷には誰もいないよ」

聞けば、明け方に何者かが訪れ、母娘を連れ去ったのだという。

「頬被りをした得体の知れない連中でね」

夜目遠目のせいで、人相風体はよくわからない。

嬶ぁたちは仕返しが恐くて、番屋に訴えでられなかったという。

「ごめんよ、旦那」

詮方あるまい。長屋の連中を責めるのは酷なはなしだ。

とりあえず、板戸を蹴破って内に踏みこみ、ひととおり家捜しをやってみたが、手掛かりになるようなものはみつけられなかった。

「ひょっとしたら、こいつは拐《かどわ》かしかもしれねえ」

勘兵衛は冴えた頭で筋を描く。

金銭目当ての拐かしならば、悪党どもは金の出所に連絡《つなぎ》をつけるにちがいない。

「触頭のもとへまいりましょう」

鯉四郎も合点し、ふたりは大木戸まで舞いもどった。

偶《たま》さか辻駕籠をみつけたので、勘兵衛は乗りこむ。

「あん、ほう、あん、ほう」

酒手を弾むと駕籠かきは本気を出し、東海道をひた走った。

とんでもなく揺れたので、傷が開いてしまわぬかと案じた。

日蔭町までやってくると、さっそく裏手の路地へ向かう。

だが、触頭の住む屋敷の板戸は固く閉まっていた。

板戸を蹴破って押し入っても、蛻《もぬけ》の殻であろう。

儀右衛門は要求された金銭を携え、何処かへ向かったにちがいない。

「一歩遅かったですな」

鯉四郎が歯噛みをして口惜しがる。

おもいだしたように、腕の金瘡が疼《うず》きだした。

八

翌日になると、傷はずいぶん癒えてきた。

七日前に高輪大木戸の手前まで足を延ばし、済海寺へ立ち寄って以来、ずっと頭の片隅に引っかかっていたことがある。

希代の刀工、来国行のことだ。

どうして引っかかっていたのか、ずっとわからなかった。

頭のなかに霧が掛かり、遠い記憶の断片を探しあぐねていたのだ。

午後になって研ぎ師の樽吉がわざわざ屋敷にあらわれ、赤鰯の銘を告げられたとき、突如として三十年前の記憶が甦《よみがえ》った。

樽吉はどうしても刀の銘を知りたくなり、まっさきに茎を研いでみた。そして、とんでもないお宝だと察し、刀身を研ぐのもおぼつかなくなったらしい。もちろん、すぐさま触頭のもとへ走った。だが、屋敷の表戸を敲いても応じる者はなく、気づいてみたら八丁堀の地蔵橋に立っていたのだという。

樽吉の口から漏れた刀の銘は「釣鐘切国行」であった。

俗称は太閤秀吉が釣鐘を切った逸話に由来し、宝刀は秀吉から下賜された大谷刑部《ぎょうぶ》などの手を経て徳川家に渡り、伊予国西条藩三万石を領する松平家の家宝となった。西条藩は紀州藩の支藩である。いかなる経緯で渡ったのかは判然とせぬが、西条松平家の「釣鐘切国行」はつとに有名で、武士ならば知らぬ者がいないほどだった。

しかも、赤鰯は影打ちではなく、銘をみるかぎり、正真正銘の真打ちであるという。

「うぽっぽの旦那、あっしはとんでもねえお宝を預かっちまった。いってえ、どうしたらいいのか教えてくだせえ」

勘兵衛は涙目で訴えられ、案ずるな任せておけと、慰めにもならぬ台詞《せりふ》を吐き、樽吉を家に帰すしかなかった。そして、身支度もそこそこに家を飛びだし、数寄屋橋《すきやばし》御門内の南町奉行所へ向かったのである。

平常《ふだん》はあまり訪れぬので、黒い渋塗りに白漆喰《しろしっくい》の海鼠塀《なまこべい》が際立つ長屋門を面前にすると、身が縮まってしまう。それでも、脇門を潜って青石の甃《いしだたみ》をたどり、檜《ひのき》の香りがする玄関にはあがらず、脇道からまっすぐ書物蔵をめざした。

遠い記憶の断片とは、文字どおり、三十年前に目にした裁許帳の片隅に記された走り書きにほかならない。

——消えた刀は釣鐘切国行か。

と、そこには書かれていた。

若い研ぎ師が奪った銘刀で侍を刺し、刺した銘刀を携えて何処かへ逃げた。

思い出した経緯は、それだけである。詳しいことはわからない。何せ、三十年前の出来事であった。古い裁許帳が年代別にきちんと整理されていることを祈りつつ、勘兵衛は掛かりの同心に断って埃臭い蔵内へ踏みこんだ。

薄暗いなかで手燭を翳《かざ》し、ずらりと並ぶ書棚をひとつずつ丹念に調べる。

三十年前の書面は表に出ておらず、葛籠《つづら》のなかに片付けられているようだった。

こうなると探すのが厄介である。堆《うずたか》く積まれた葛籠を下ろしてひとつずつ開け、ぎっしり詰まった書面の表書きに目を通すしかない。

「やるしかあるまい」

みずからを鼓舞し、傷の痛みなど気にせずに葛籠を下ろす。

時の経つのも忘れて、一心不乱に書面を漁《あさ》りはじめた。

「精が出ますなあ。さきに帰りますぞ」

掛かりの同心に蔵の鍵を託されたが、それすらも忘れてしまう。

一枚の書面をみつけたのは、東の空が明け初めた頃のことだった。

書面は黄ばんでいる。無理もなかろう。三十年前に勘兵衛が閲覧してから、誰ひとり開いていないようだった。

――消えた刀は釣鐘切国行か。

甦った記憶どおり、片隅には走り書きがあった。

朱は褪色《たいしょく》しやすいので、濃い墨で書かれている。

当時の書き役に感謝せねばなるまい。

「さて」

肝心の中味である。

今から三十年前の天明《てんめい》二年皐月五日、日本橋本石《ほんごく》町の研ぎ師吾平《ごへい》宅に押し入った浪人が酔って狼藉《ろうぜき》におよび、主人の吾平を斬り殺した。凶事はそれだけに止まらず、浪人はその場で弟子の正次《しょうじ》によって刺殺された。浪人の名は佐々岡慶三郎《ささおかけいざぶろう》、弟子の正次は齢《よわい》十八の若者である。惨劇に使用された得物は佐々岡の差料で、正次はその差料を携えたまま逃走した。

記述のあらましは以上である。

手配されたであろう正次の人相書は添えられていない。

だが、勘兵衛はその出来事を鮮明におもいだしていた。

まず、佐々岡慶三郎は浪人ではなかった。当時、勘定奉行に任じられていた佐々岡弾《だん》正《じょう》の三男で、御役に就けぬ部屋住《へやずみ》の身分ゆえか、酒を呑んでは市中で乱暴狼藉を繰りかえす鼻つまみ者であった。

幕府重臣の子息が偶さか立ち寄ったさきで研ぎ師を殺め、みずからも研ぎ師の弟子に刺されて落命した。そのような経緯が世間に広まれば、公儀にとっても前代未聞の恥辱となる。それゆえ、勘定奉行の子息であることは隠され、南北町奉行所内には箝口令が敷かれた。慶三郎はいつの間にか佐々岡家から籍まで抜かれ、当然のごとく、書面への記載も禁じられたのだ。

　あきらかに慶三郎に非があり、弟子の正次がやったことは恩師の無念を晴らす仇討《あだう》ちに値する。ただし、職人が侍を討つことは容認されておらず、正次は捕まればまちがいなく斬首となる運命にあった。

　吾平にしてみれば、天災に見舞われたようなものだろう。とどのつまり、遺された妻子は泣き寝入りせざるを得なかった。

　そのときに勘兵衛が抱いた憤りも、まざまざと甦ってきた。

　偉そうに十手を預っているにもかかわらず、何もしてやれぬ自分が情けない。三十年前に感じた虚しさもおもいだされてくる。ただし、勘兵衛は調べに携わったわけでもなく、逃げた正次の行方や遺された妻子の動向などを把握する機会はなかった。

　一方、家名の傷ついた佐々岡家がどうなったのかもわからない。当時は調べる気にもならなかったし、曰《いわ》く付きの案件だけに上の連中が追跡の調べを容認しなかったのだとおもう。

　ともあれ、書物蔵で調べられるのはそこまでだった。

　勘兵衛は八丁堀の屋敷に戻り、寝ずに待っていた綾乃に鯉四郎と銀次への頼みを言付けるや、敷いてあった布団へ倒れこむようにして眠りに就いた。

起きたのは午《ひる》過ぎ、こちらも綾乃に頼んでおいた仕出しの穴子丼で腹を満たす。

「何やら、贅沢《ぜいたく》な気分だな」

縁側に座って茶を飲んでいると、さっそく鯉四郎があらわれた。

「義父上、お加減はいかがですか」

「金瘡は痛まぬ。ところで、佐々岡家のその後はどうであった」

「はっ。当時の勘定奉行であられた佐々岡弾正さまは、研ぎ師殺しの出来事から三月もせぬうちにお役目を辞しておられました。理由は病とのことでしたが、五年後に亡くなるまでは平穏な隠居暮らしをされていたようです」

長男は早逝していたので、家禄一千石の佐々岡家は次男の村重《むらしげ》が継いだ。村重は要職の勘定奉行にこそ就任できなかったが、若年寄配下の腰物奉行に任じられ、今も七百俵の職禄を得ているという。

「腰物奉行か」

勘兵衛の目がきらりと光る。

鯉四郎は前のめりになった。

「じつは、刺された元具足方の梶谷平六にございますが、一年前まで腰物方を務めておりました」

「何だと、梶谷は佐々岡村重の配下であったか」

「いかにも。何らかの事情で具足方にお役目替えとなり、一年も経たぬうちに御役御免とされたようです。御役御免の理由は不行跡とだけしか」

「怪しいな」

梶谷が済海寺で抜いた刀には、倶利伽羅龍王の紋様が彫られていた。その刀がどうしたわけか儀右衛門の手に渡り、研ぎ師樽吉のもとへもたらされ、不動国行の影打ちにちがいないと判別されたのだ。

そもそも、それだけの銘刀を何故、一介の元具足方が腰に差していたのか。

たとえば、刀剣所から盗んだとすればどうであろうか。

盗んだことが発覚し、具足方を罷免されたのだ。

いや、それはなかろう。献上刀を盗んで発覚すれば、確実に斬首される。御役御免で済むはずはない。本人ばかりか、上役も腹を切らねばならぬだろう。そうせぬために、盗まれたことを隠蔽《いんぺい》したのだろうか。あるいは、隠蔽せねばならぬ何かほかの秘密があったのか。

めまぐるしく頭を回転させていると、鯉四郎が顔を近づけてきた。

「義父上、もうひとつ気になることが」

「ん、何だ」

「佐々岡家の用人頭で勝俣隼人《かつまたはやと》なる者、同門の申し合いで一度立ちあったことがございます」

「そやつも小野派一刀流の遣い手か」

「突きの勝俣と呼ばれておりました」

「まさか、そやつが」

「わかりませぬ。義父上を襲った刺客かどうかは。ただ、勝俣であれば容易ならざる相手になろうかと」

板の間での申し合いで、鯉四郎は勝俣と引き分けたという。

「ふうむ」

勘兵衛は唸った。

どうりで、手強い相手のはずだ。

かりに、勝俣が梶谷平六を刺したのだとすれば、腰物奉行の佐々岡村重が命じたとも考えられよう。

具足方に転籍する以前、梶谷は佐々岡の配下だった。そのときから、佐々岡の悪事を知っていたのではなかろうか。

悪事とは、献上刀の横流しである。

それゆえ、のちに不動国行の影打ちを盗んでも表沙汰にはされなかった。すべては隠蔽され、梶谷は千代田城から放逐されるのと引き換えに命を拾った。ところが、助かったとおもっていたのは本人だけで、佐々岡は執念深く口封じの機会を狙っていた。

早計かもしれぬが、献上刀の横流しと梶谷殺しについては、おおまかな筋書きを描くことができたのではあるまいか。

それにしても、因縁めいたものを感じざるを得ない。

三十年前の凶事が佐々岡家に繋がり、腰物奉行である佐々岡家当主の悪事を想起させるきっかけになった。ひょっとしたら、無惨な死に方をした研ぎ師の怨念に導かれた筋書きなのかもしれない。

ほっと重い溜息を吐いたところへ、今度は銀次が駆けこんできた。

九

勘兵衛は綾乃を介して銀次に命じ、三十年前の凶事をおぼえている者がいないか、本石町の界隈を虱《しらみ》潰《つぶ》しに探させていた。

銀次はいつになく興奮している。

「みつけやした。おぼえていた爺さまがおりやした」

はなしを聞くことができたのは、今も本石町で乾物屋を営む隠居だった。

凶事に見舞われた研ぎ師一家と近所付きあいをしていたという。

「研ぎ師の吾平は腕の確かな職人で俠気があり、仲間や近所の連中からたいそう慕われていたとか」

弟子の正次は寺の山門脇で拾われた捨て子で、十に満たぬ頃、寺の住職から吾平が預かった。八年のあいだ黙々と研ぎの修業を重ね、若くして力量は一流の域に達していたという。

「師匠は弟子に店を継がせる腹だったにちげえねえ。それが酔った阿呆《あほう》侍のせいで、一瞬にして泡と消えやした」

返す返すも口惜しいと、乾物屋の隠居は嘆いたらしい。

「吾平には七つの一人娘がおりやした。名はおみちと言いやす」

「おみちか」

「へえ、例の声を失ったおなごじゃねえかと」

「七つの娘も今は三十七、たしかに、年格好は合うな」

おみちは明るくて快活な娘だったが、凄惨な出来事の直後に声を失った。吾平の四十九日が過ぎてほどなくして、妻と娘は何処かに消えたという。地主は強欲な人物だったので、端金《はしたがね》で追いだされたにちがいない。そののち、何年も音信不通になっていたが、今から二年前にその後の消息らしきものがわかった。

「二年前か」

「へい。かつて、研ぎ師が店を構えていたあたりで、人相の悪い連中がおみちの消息を嗅ぎまわっていたそうで。そいつら、千住宿《せんじゆしゆく》の女郎屋を束ねる地廻りの手下どもでやした」

おみちは何処かの時点で身を持ちくずし、女郎としての年季を積んでいたらしい。仕舞いには過酷な暮らしに耐えかね、逃げだしたにちがいないと、隠居は銀次に告げた。

「足抜けか」

「へい」

おみちはあらかじめ消息を知っていた母親と落ちあい、東海道をたどって鈴ヶ森の辺りまで逃げた。しかし、そこまでが限界で、行き倒れになっているところを助けられたのではないかと、銀次は筋を描く。

「助けた触頭の人相でやすが、旦那は仰いやしたよね。片頰に小豆大の黒子を消したような痕があったと」

「ああ、言った。あれは罪人が額や腕の刺青を消すやり方だ」

「じつは、爺さまが正次の人相をおぼえておりやした。片頰に小豆大の黒子があったそうで」

「げっ、まさか、正次が儀右衛門だってのか」

勘兵衛も鯉四郎も驚いて銀次をみつめる。

「黒子がいっしょってだけで、同じかどうかはわかりやせん。でも、年格好は合っておりやすし、三十年前に行方をくらました正次が触頭の儀右衛門なら、世話になった研ぎ師の妻子を助けた謎は解けやす」

「まさにな」

銀次の読みどおりだとすれば、それこそ恐ろしいほどの因縁と考えるほかない。

研ぎ師を斬って落命した侍の係累《けいるい》と侍を刺殺して逃げた研ぎ師の弟子が、三十年の時を経て繫がった。しかも、儀右衛門から樽吉のもとへ研ぎに出された赤鰯こそが、おそらくは凶事に使われた釣鐘切国行なのだ。

佐々岡慶三郎が宝刀を所持していた理由はわからない。

さらにわからぬのは、みずからも一流の研ぎ師である儀右衛門が、どうしてわざわざ別の者に研ぎを任せたのかということだ。

みずからの罪を誰かにあばいてほしいのかもしれぬと、勘兵衛はおもった。

拠所ない事情とはいえ、若い研ぎ師は侍を殺めた。

人殺しの罪を三十年も隠しつづけ、ほとほと疲れたのではなかろうか。

善人であればなおさら、犯した罪の重さに耐えきれなくなるはずだ。

儀右衛門はおそらく、誰かに引導を渡してほしいのだろう。

切ない役目を負わされるのは御免蒙《ごめんこうむ》りたいが、十手持ちである以上は避けて通ることもできまい。

じっと考えこむ勘兵衛の顔を、銀次が下から覗いてくる。

「それともうひとつ、胸を刺されて死んだなまこの弥源太は、千住宿の鉄火場にもちょくちょく出入りしておりやした。ひょっとしたら、女郎屋の抱え主と懇意だったのかもしれやせん」

「なるほど、それでか」

弥源太はたぶん、足抜けしたおみちのことを捜していたのだ。千住の連中に先んじてみつけ、儀右衛門が母娘を匿《かくま》っていると知り、まずは儀右衛門を強請って小金をせしめたにちがいない。その一方で女郎屋の抱え主にもネタを売ろうとしたものの、欲を掻いて命を縮めたのだと、勘兵衛は推測した。

銀次は身を乗りだす。

「弥源太を殺ったのは、千住の連中ってことになりやしょうか」

「おそらく、そうだろう。梶谷平六を殺った野郎とは別だ。刺した金瘡もちがっていたしな」

献上刀の一件とも関わりがないと、勘兵衛は言いきる。

「千住の連中は弥源太の口を割らせ、おみちと母親の居所を突きとめた。それだけじゃねえ。金銭の援助をしている触頭のことを探りあて、そっちを突っついたほうが金になると踏んだのさ」

「なあるほど、母娘を拐かしておいて、触頭に身代金を要求したって筋か」

「儀右衛門は要求に応じて金を用立て、相手が指定したさきへ向かった」

「千住でやすね」

「よし、すぐに出立するぞ」

急がねばならぬ。

金銭のやりとりが済めば、用済みの儀右衛門と母娘は消されるかもしれない。

交渉の場に間に合ってくれることを祈りつつ、勘兵衛たちは旅支度を整えた。

十

千住宿は千住大橋の北側に長く延びている。

棒鼻のある北端の一丁目から五丁目までつづく本宿、一里塚のある掃部《かもん》宿、河原《かわら》町、橋《はし》戸《ど》町ときて、長さ六十六間の橋を渡った南側には中村町と小塚原《こづかっぱら》町があり、五十軒余りの旅籠《はたご》が南北に細長く軒《のき》を連《つら》ねていた。

女郎屋の抱え主は町ごとにおり、なかでも幅を利かせているのが橋戸の牛蔵《うしぞう》という地廻りの親玉で、牛蔵こそがおみちと母親を拐かした悪党にちがいなかった。土地《ところ》の連中に声を失った女郎の所在を尋ねてみたところ、二年前に牛蔵のもとから足抜けしたことがわかったのだ。

千住宿は奥州街道と日光街道の起点、幕府公認の青物市場《やっちゃば》もあれば、木流しを生業《なりわい》にする筏師《いかだし》なども集まってくる。宿場は活気に溢《あふ》れ、夜になれば女郎屋の張りつく裏道も大勢の客で賑わった。

触頭の儀右衛門は何処かの旅籠に身を寄せているものと信じるしかない。

ためしに旅籠を何軒か当たってみたが、それらしき客はみつけられなかった。

宿台帳を繰るだけでも手間は掛かるし、本名で泊まっているとはかぎらない。

儀右衛門を捜すのは早々にあきらめ、牛蔵の動向に目を光らせることにした。

取引がまだ終わっていないことを信じ、勘兵衛たちはじっと暗闇に身を潜めたのである。

牛蔵の店は千住大橋北の広小路に面していた。

紺に白抜きで「丑」と書かれた太鼓暖簾《たいこのれん》が川風にはためいている。

夜空には楕円《だえん》の月が輝いていた。

動きがあったのは、宿場が静まった亥《い》ノ刻《こく》に近い頃である。

喧嘩《けんか》装束《しょうぞく》の連中が十人余り、徒党を組んで根城から出てきた。

ごくっと、鯉四郎が唾を呑みこむ。

「出てきやがった」

銀次は興奮を抑えきれない。

勘兵衛も冷静さを保つのに苦労した。

儀右衛門との取引は、今からおこなわれるのだろう。

それならば、おみちと母親は無事である公算が大きい。

三人は物陰に隠れ、牛蔵たちが通りすぎるのを待った。

肝心のおみちと母親は連れていない。

行く先の何処かに隠しているのだろうか。

臆測をはたらかせ、一団の背につづいて大橋を渡りきる。

間合をかなり開けているので、勘づかれる恐れはなかろう。

破落戸《ごろつき》どもは橋向こうの奥州道中をまっすぐに進んだ。

左右は田圃《たんぼ》に変わり、行く手には漆黒の闇だけがある。

遠くで閃《ひらめ》く提灯《ちょうちん》の光は心許《こころもと》なく、風にそよぐ葉擦れの音が女の泣き声のようにも聞こえた。

「背筋がぞくっといたします」

鯉四郎が囁いた。やってきたのは、小塚原の刑場に隣接した回向院《えこういん》の境内である。周囲には刑死人の怨念が渦巻いており、とてもではないが夜中に足を踏みいれたい場所ではなかった。

――ごおん。

亥ノ刻を報せる鐘音に驚いた。

唇が震えるのは、夜風のせいばかりではなかろう。

回向院を指定したのは儀右衛門のほうかもしれないと、勘兵衛はおもった。

儀右衛門がおみちと母親をみつけたのは、鈴ヶ森の刑場に近い街道沿いである。

ひょっとしたら、儀右衛門は罪人の自分にふさわしい場所を求めているのではなかろうか。

だとすれば、あまりに哀れすぎる。

おぬしの居場所はこんなところではないと、勘兵衛は言ってやりたかった。

いずれにしろ、今は破落戸どもをどうにかしなければならない。

牛蔵は縦も横も大きく、みるからに腕っぷしが強そうだ。

「あっ、あそこに」

銀次が指を差したさきに、人影が忽然《こつぜん》とあらわれた。

儀右衛門だ。まちがいない。

本堂を背にして待つ牛蔵たちのもとへ、しっかりとした足取りで近づいてくる。

何か策でもあるのか、手ぶらのようだった。

鯉四郎と銀次が二手に分かれ、闇に紛れていく。

勘兵衛だけは物陰から動かず、しばらく様子を窺うことにした。

儀右衛門は参道を進み、十間ほどの間合で牛蔵と対峙《たいじ》する。

「おめえが研ぎの触頭か」

偉そうに声を張ったのは、牛蔵のほうだった。

「金はどうした。千両箱ひとつくれえなら、自分で担げんだろうが」

「金は近くに隠してある。ふたりを渡してもらおう」

儀右衛門は堂々と言いはなつ。

牛蔵が横を向いて指図すると、大木の陰から後ろ手に縛られたふたつの人影があらわれた。

おみちと母親である。

やはり、隠していたのだ。

手下がひとり見張り役につけられている。

牛蔵が大袈裟に首を捻った。

「わからねえなあ。触頭ともあろう者が、どうして、おみちなんぞに大金を払うんだ」

「金さえ払えば、理由などはどうでもよかろう」

「ふん、食えねえ野郎だぜ。よし、婆《ばばあ》だけは帰《け》えしてやる。おみちは千両箱と交換だ」

嫌がる母親の肩を小突き、手下が無理に歩かせた。

儀右衛門は母親の手を取り、背中に庇《かば》う。

このとき、鯉四郎は気配を殺し、牛蔵たちの背後に迫っていた。

一方、銀次は大木の後ろにまわりこみ、おみちを救える位置まで近づいている。

頃合いよしと見定め、勘兵衛は物陰を離れた。

のんびり歩いていくと、途中で手下のひとりに気づかれる。

「あっ、変な野郎がおりやす」

一斉に注目が集まった。

勘兵衛は構わず、牛蔵のほうに近づいていく。

「誰かとおもえば、年寄りの木《こ》っ端《ぱ》役人じゃねえか」

「おめえが牛蔵か。ま、みりゃわかるがな」

「千住じゃ見掛けねえ面だな。どうせ、臨時廻りだろう」

「ご名答だ。でもな、見掛けによらず、歯ごたえはあるんだぜ」

「歯ごたえだって。ふん、笑わせらあ。入れ歯の十手持ちが、いってえ何の用だ」

「殺しだよ。てめえ、なまこの弥源太を殺めたな」

「ふへへ、知らねえな。証しもねえくせに、戯れ言を吐かれても困るぜ」

「女ふたりを拐かした罪もくわえれば、首がいくつあっても足りゃしねえ。でもな、神妙にお縄を頂戴するつもりなら、乾分《こぶん》たちは助けてやってもいい。宿場の一角を仕切る親分さんなら、俠気をみせてみろ」

「ふざけんな。千住の十手持ちはみんな、おれの意のままなんだぜ。よそから来た老《お》い耄《ぼ》れに勝手なまねはさせねえ。おい、てめえら、手っ取り早く片付けちまえ」

牛蔵に煽られ、喧嘩装束の手下どもが段平を抜いた。

すると、背後から鯉四郎が躍りでる。

「うひぇっ、もうひとりいやがった」

鯉四郎は刀を抜き、一瞬で三人を眠らせてしまった。

いずれも峰打ちだが、肋骨や手足の骨くらいは折れたにちがいない。

「くそっ、おみちを盾にしろ」

牛蔵が叫んだ。

が、大木の根元には手下がひとり倒れている。

すでに、おみちは銀次に救われたあとだった。

破落戸どもは逃げ腰になる。どう逆立ちしても、鯉四郎にはかなわない。

十人が五人になり、五人が三人になり、残った連中は背をみせて逃げた。

「くそったれ」

牛蔵が吠え、懐中に呑んだ匕首を抜く。

「やめておけ」

勘兵衛は静かに諭し、背帯の十手に手を添えた。

「死ね」

牛蔵の巨体が突進してくる。

勘兵衛はひらりと躱し、首筋に十手を叩きつけた。

「げひょっ」

牛蔵は白目を剝き、どっと倒れこむ。

「だから言うたであろう」

鯉四郎が駆け寄り、素早く縄を打った。

「呆気《あっけ》ない幕切れだな」

勘兵衛は振りむき、にっこり笑う。

「さあて、おれのことがわかるか」

笑いかけたさきには、儀右衛門が立っていた。

かたわらでは、おみちと母親が惚《ほう》けたような顔をしている。

「もしや、あのときの……うぽっぽの旦那」

儀右衛門の横顔に、月明かりが射しこんだ。

勘兵衛は胸を張る。

「そうよ、おめえと会うのは、済海寺の山門以来だ。倶利伽羅龍王の浪人者は死んじまったぜ。胸をひと突きにされてな」

「存じております、何もかも」

「何もかも。樽吉か」

「はい。うぽっぽの旦那がいかに得難いお役人か、樽吉は声を嗄《か》らして喋りました。旦那の人となりは存じあげているつもりです。じつは秘かに、迎えにきてほしいと願っておりました」

「妙なことを抜かす」

「嘘ではありませぬ。回向院の阿弥陀如来に祈りが通じたのでござりましょう」

「そうかい。まあ、夜は長《なげ》え。積もるはなしは旅籠で聞こう」

助けられたというのに、儀右衛門もおみちたちも罪人のような顔で従《つ》いてくる。

ほんとうの勝負はここからだなとおもい、勘兵衛は顎をぐっと引きしめた。

十一

掃部宿の『布袋《ほてい》屋』なる旅籠に戻り、とりあえずは温かいものを腹に入れた。

名産の千住葱《ねぎ》を使った葱鮪《ねぎま》鍋である。

「こら美味えな」

勘兵衛は鍋に舌鼓を打ち、正面に座る儀右衛門の盃《さかずき》に酒を注いでやった。

鯉四郎と銀次も鍋を突っついたが、下戸《げこ》の鯉四郎は酒を一滴も口にしない。口をはふはふさせながら、熱い鍋だけを食いつづけている。

おみちと母親は疲れきっていたので、隣部屋でぐっすり眠っていた。

勘兵衛は手酌で酒を呑み、儀右衛門にさりげなく声を掛ける。

「散々な目に遭ったな。それにしても、無茶をしやがるぜ」

「まわりがみえなくなっておりました。お助けいただかねば、今頃どうなっていたことか」

我に返れば恐ろしいと漏らすが、本心かどうかはわからない。

「まあ、呑め。酔えば口も滑らかになる」

「旦那は何をお知りになりたいのですか」

「いろいろだな。たとえば、献上刀の横流しについては、どこまで知っておる」

「気づいたのは、今年になってからでございます。何人かの研ぎ師たちから、ちらほらはなしが出てまいりました。調べてみると、京橋へ店を出したばかりの古物商が刀の売り手になっていた」

「備前屋藤七だな」

「はい」

されど、献上刀を誰が備前屋に横流ししているのかがわからなかった。それがひょんなことで判明したという、

「ひょんなこと」

「梶谷平六にございます」

「ほう、済海寺での出来事がきっかけになったと」

「あのとき、わたしは梶谷に金を渡しました。あれはただの金ではございませぬ。刀を買うための前金でした」

「刀ってのは倶利伽羅龍王のことか」

「不動国行の影打ちにございます。済海寺の参道で刀を目にしたとき、献上刀にちがいないとおもいました。この刀をたどれば、横流しの元凶をみつけられるかもしれない。そうおもったら、矢も楯もたまらず」

梶谷とあの場で秘かに交渉し、三百両という破格の値で刀を譲り受ける約束を交わしたという。

「翌日、梶谷は訪ねてまいりました。わたしは誰にも喋らぬから、どうやって刀を手に入

れたか教えてほしいと頼みました」

「梶谷は喋ったのか」

「三百両を手にしてよほど嬉しかったのか、盗んだ刀にきまっておろうと、悪びれることもなく申しました」

おもったとおり、儀右衛門が譲り受けたのは献上刀だった。

怪《け》しからぬことに、腰物奉行の佐々岡村重が公儀の刀剣所に納められた献上刀の横流しをやっている。だから、とびきりのひと振りを盗んでやったのだと、梶谷は自慢げに告げたらしい。

「わたしは耳を疑いました」

佐々岡村重という名なら知っている。知っているどころか、因縁の糸で繋がった名だった。

「運命の恐ろしさをおもわざるを得ませんでした」

梶谷は三百両を抱え、満足した様子で儀右衛門のもとから去った。

そして二日後の早朝、冷たい死体でみつかったのである。

横流しをネタに腰物奉行を強請ってやると、梶谷は豪語していた。

それが命を落とした理由であろうと、儀右衛門も考えているようだった。

「お察しのとおり、わたしは正次です。三十年前は駆けだしの研ぎ師でした。捨て子のわたしを一人前の研ぎ師にするために、師匠は惜しみなく技のすべてを教えてくれた。かけがえのないお方でした」

佐々岡村重の父弾正は、刀剣の熱心な蒐集《しゅうしゅう》家でもあったという。三十年前と言えば田《た》沼《ぬま》政治の終盤、日の本は隅々まで飢饉《ききん》に喘《あえ》いでいた。年貢もろくに集まらず、藩の金蔵は火の車、公儀から河川や道の普請御用を下されれば藩の存亡にも関わってくる。それでも止めるわけにはいかぬゆえ、御三家や親藩の大名衆が率先垂範するようにとの命が内々に下されていた。

紀州藩の支藩である西条藩にも打診があり、江戸家老や留守居役などの重臣たちは困り果てたものの、評定《ひょうじょう》を重ねるなかで普請逃れの奇策をおもいついた。それが家宝の釣鐘切国行を差配役に任じられた勘定奉行の佐々岡弾正に献上することであった。

奇策は上手くはこび、西条藩は普請の御役を免れた。

そうした経緯をたどり、当時の触頭から吾平のもとへ、釣鐘切国行の研ぎがまわされてきたのだ。吾平にしてみれば一世一代の大仕事、気合いを入れて刀を研ぎ終え、どうにか無事に佐々岡家へ納めた。

惨事が起こったのは、刀を納めた翌日のはなしである。研ぎあがったばかりの宝刀を腰に差し、放蕩《ほうとう》息子の慶三郎が本石町の店にあらわれた。敷居をまたいだときには、呂律《ろれつ》もまわっていなかったという。

「『切れ味よく研いでくれたな』と、慶三郎は言いました。そして、おもむろに刀を抜くや、師匠を斬ったのです。『様斬《ためしぎ》りじゃ』と、嗤《わら》っておりました。恐ろしさよりも憤りがさきにたち、気づいてみればわたしは慶三郎の返り血を浴びながら、釣鐘切国行を握っていたのです」

「それが真実であったか」

「宝刀で佐々岡慶三郎を刺し、そのまま三十年も逃げのびてまいりました。罪の重さに耐えかね、何度死のうとおもったことか。されど、できなかった。この世に未練があるからでしょう。人間はそう簡単に死ねぬものだと悟りました」

そうしたやさき、吾平の妻と娘をみつけた。

「鈴ヶ森のそばで行き倒れになっておりました。まさに、運命としか言いようがありませぬ」

助けて匿うことに、何ひとつ躊躇はなかった。

「お嬢さまはあの出来事があって以来、声を失ってしまった。それを知り、生きているかぎりは面倒をみつづけると、心に決めました。この身が土壇《どだん》へ導かれたならば、蓄財はすべてお嬢さまに遺すつもりでおります」

「それにしても、よくぞ関八州の研ぎ師を束ねる触頭の地位にまで上りつめることができたな」

「運がよかったのでございます」

儀右衛門と名を変えて上方で研ぎの腕をあげ、十五年後に江戸へ舞いもどってから、名の知られた研ぎ師のもとで修業を重ねた。その研ぎ師が触頭となり、今から八年前に亡くなったとき、先代の遺言と長老たちの推挙により、儀右衛門が今の地位に持ちあげられたのだという。

先代から力量を認められるまでには、血の滲むような努力があったにちがいない。儀右衛門は所帯も持たず、あたりまえの幸せを忌避するかのような生き方を貫いてきた。それもこれもすべては、三十年前の凶事が出発点になっている。そうおもうと、勘兵衛は同情を禁じ得なかった。

だが、儀右衛門はあきらかに、侍をひとり殺めている。

どのような事情があろうとも、厳罰に処すべき罪人であることに変わりはなかった。

「勘定奉行は部屋住の行状によって隠居させられたものの、罰せられることもなく天寿を全うした。一方、できの悪い継嗣は腰物奉行になり、今も裏でこそこそ悪事をはたらいている。やつらにゃ何の自戒もねえ。佐々岡家にとって、慶三郎の死は悲しい出来事でもなんでもなく、厄介払いができただけのことだった。このままでは、師匠の吾平は死に損だな」

「はい」

「仇を討ちてえんだろう」

「是が非でも」

　腰物奉行の罪をあばきたいと、儀右衛門は涙目で訴える。

「よし、手伝ってやろうじゃねえか」

「えっ、うぽっぽの旦那が」

「おれじゃ頼りにならねえか」

「とんでもございませぬ。されど」

「おめえのことは後まわしだ。まずは、千代田の御城でのさばっている悪党をどうにかせにゃなるめえ」

　鯉四郎が何度もうなずき、満足げな顔で鍋の残りを漁る。

　一方、銀次は渋い顔で盃をかたむけた。

　何せ、不浄役人の手には余る相手なのだ。

経験を積んだ者であれば、仕掛けがいかに難しいかはすぐにわかる。

「なあに、いくらでもやりようはあるさ」

勘兵衛はうそぶいた。

酒のせいで気持ちが大きくなっているのかもしれない。

だが、この道三十有余年の臨時廻りには、勝算らしきものがあった。

十二

樽吉が技のすべてを駆使して研ぎあげ、赤鰯は真のすがたをあらわした。

流麗な板目肌と細かい粒がちりばめられた刃文の地沸、大振りで腰ぞりの強いすがたは気品に満ちている。

見事というよりほかにない。

観る者が観れば、釣鐘切国行の真打ちだと告げても信じるだろう。

儀右衛門は身分を偽ることもなく、釣鐘切国行に不動国行の影打ちまで合わせ、京橋具足町の備前屋へ持ちこんだ。値段次第では売ってもよいと打診すると、主人の藤七は垂涎の面持ちで「金に糸目はつけぬゆえ、ふた振りともに譲ってほしい」と、畳に両手をついたという。

ふた振りで一千両と吹っかけても、藤七は動じなかった。明晩までには金を用立て、芝日蔭町の屋敷へ持っていくと約束したらしい。

「餌に食いついたな」

勘兵衛は策士の顔で漏らした。

千住宿から戻って、五日目の夜である。

増上寺の昏《くら》い杜《もり》のうえには、赤味がかった満月が輝いていた。

町木戸の閉まる亥ノ刻になれば、備前屋が触頭の屋敷にやってくる。

勘兵衛と鯉四郎は屋敷の内に潜み、手ぐすねを引いていた。

おそらく、備前屋は金を携えてこないだろう。

一千両はおいそれと用立てできる額ではない。

金の代わりに、刺客を引きつれてくるはずだ。

「最初から金なんぞ払う気はねえのさ」

勘兵衛の読みどおり、儀右衛門を殺め、宝刀を奪う腹でいるにちがいなかった。

そこまでするだけの価値はあろう。ただし、商人の備前屋がたったひとりで危うい橋を渡るとはおもえなかった。かならず、腰物奉行の佐々岡村重に相談し、しかるべき指図を受けるはずだと、勘兵衛は踏んでいる。

「狙いはそこさ」

あわよくば、腰物奉行も足を運んでほしかった。

佐々岡本人は無理でも、用人頭の勝俣隼人はまちがいなくあらわれる。

なぜなら、儀右衛門の口を封じねばならぬからだ。

「そうはさせぬ」

備前屋にくわえて勝俣も捕縛できれば、佐々岡の悪事は証し立てできよう。

ここが正念場だと、勘兵衛はみずからに言い聞かせた。

「義父上、勝俣はそれがしにおまかせを」

鯉四郎に念押しされ、渋々ながらもうなずく。

同門でもあることだし、ここは花を持たせてやろう。

約束の刻限が迫っていた。

奉公人たちは家に帰したので、人の息遣いも聞こえてこない。

待機する部屋からは覗き穴を通して、隣部屋の様子を窺うことができた。

儀右衛門は八畳の客間に正座し、さきほどから瞑目している。

床の間の刀掛けには、ふた振りの宝刀が掛けてあった。

有明行燈《ありあけあんどん》が上座の二箇所を照らしているだけで、ほかには何もない。軸もなければ、飾り壺もなく、殺風景な部屋だった。

表戸が開き、外で見張っていた銀次が廊下を渡ってくる。

「連中がやってきやした、駕籠も一挺おりやす」

「駕籠か。ふふ、腰物奉行が御自らお出ましというわけだな」

勘兵衛は不敵な笑みを浮かべる。

「義父上、この場で決着をつけられますな」

鯉四郎が興奮の醒めやらぬ顔で言った。

「願ったり叶ったりだ」

もちろん、慎重には慎重を期し、相手を隣部屋へ誘いこまねばならぬ。

重要な役目を負わされた儀右衛門が立ちあがった。

と、同時に、表戸を敲く音が響いてくる。

「触頭、備前屋藤七だ。ここを開けてくれ」

儀右衛門は三和土に下り、脇戸をすっと開ける。

最初に備前屋が顔を差しだし、立派な扮装《いでたち》の覆面侍と用人らしき月代侍がつづいた。

用人は勝俣隼人である。

覆面で顔を隠しているのは、佐々岡村重であろう。

屋敷にはいってきたのは、三人だけであった。

儀右衛門はお辞儀をし、首をかしげてみせる。

「ようこそおいでくだされた。そちらのお武家さまは」

「宝刀を是非とも観たいと仰せでな。お刀を買っていただくお方ゆえ、粗略に扱うでないぞ」

「待ってくれ。金はどうした」

「心配するな、外にある。宝刀を確かめたら、きちんと払ってやる」

備前屋の言い分に戸惑ったふりをしつつも、儀右衛門は三人を客間に誘った。

佐々岡とおぼしき覆面侍は部屋に踏みこむなり、目敏《めざと》く刀掛けをみつけ、垂涎の面持ちで床の間へ近づいていく。備前屋と勝俣もその背にしたがった。

「さあ、みせてくれ」

佐々岡が鋭い一瞥をくれる。

「ただいま」

儀右衛門は刀掛けに手を伸ばし、ひと振り目の刀を抜いてみせた。

「おお」

佐々岡が感嘆の声を漏らす。

刀身の棟区《むねまち》寄りには、倶利伽羅龍王の紋様が彫られてあった。

「不動国行か」

「影打ちにござりますが、稀少さは申し分ないかと」

「わかっておるわ」

そもそもは、手下であった梶谷平六に盗まれた献上刀なのだ。

久方ぶりに倶利伽羅龍王の紋様を眺め、感動を新たにしたにすぎない。

むしろ、釣鐘切国行のほうを観てみたい様子が、佐々岡からはありありと窺えた。

おおかた、家でじっとしていられなくなり、みずから足労したのであろう。刀剣の蒐集家とはそういうものだ。その性格だけは、勘定奉行だった父の血を色濃く継いでいるのかもしれない。

儀右衛門にも、相手の気持ちは伝わっている。

わざと焦《じ》らすように間を空け、ゆっくり刀掛けに手を伸ばす。

そして、宝刀を抜きはなった。

しんと、部屋は静まったままだ。

刀身が仄《ほの》かな灯《あか》りを反射させていた。

ごくっと、佐々岡は生唾を呑みこむ。

汗が目にはいったのか、覆面を外してみせた。

覆面の内からあらわれたのは、鯔《ぼら》のような面相だ。

勘兵衛は覗き穴を通して、鯔顔の腰物奉行を睨みつけた。

「もそっと近う」

儀右衛門が命じられたとおりに近づくと、佐々岡は宝刀を奪いとった。

十三

佐々岡村重は艶めいた刀身を嘗《な》めるように眺め、うっとりした顔になる。

「これが釣鐘切国行か。見事じゃ」

「三十年ぶりの御目見得でござりますな……」

儀右衛門は声を押し殺す。

「……ついせんだってまでは、赤鰯も同然にござりました。丹念に研いで錆《さび》を落とし、あのときのすがたに戻したのでござります」

「あのときのすがたじゃと。おぬしはいったい、何を申しておるのだ」

「三十年前、わたしはその刀であなたの弟を刺した。その刀をどうしても捨てられず、手入れもせずに抛っておいたら、あなたの弟の血で錆びた刀は赤鰯になってしまったのです」

「……お、おぬし、あのとき逃げおおせた研ぎ師なのか」

「お初にお目にかかります。わたしの師匠は理不尽にも、あなたの弟に殺められた。刀は錆びても、あのときの恨みが錆びることはありませぬ」

「ぬう、弟を殺めておいて、身勝手なことをほざきよる。ふん、まあよい。どうせ、おぬしには死んでもらう。勝俣、こやつを斬ってしまえ」

　儀右衛門は動じない。すでに、死ぬ覚悟はできている。

「そのまえにひとつだけ、お教えください。あなたは今のお立場を使って、献上刀の横流しに精を出しておられるのか」

「さようなこと、聞かずともわかろう。どうせ、嗅ぎつけておったのであろうが。喋りは仕舞いじゃ。何なら、わしが様斬りにしてくれる」

「その台詞、三十年前にも聞きました。酩酊《めいてい》した阿呆侍が発したのと同じ台詞にござります」

「ええい、黙れ」

佐々岡は右足を引き、宝刀を右八相に構えた。

刹那、真横の襖《ふすま》が開き、勘兵衛が飛びだしてくる。

「ぬおっ」

佐々岡は向きを変え、強引に袈裟懸けを浴びせてきた。

勘兵衛はひらりと躱し、相手の頬に十手を叩きつける。

「ほげっ」

ひとたまりもない。

佐々岡は膝からくずおれた。

「ひっ」

逃げだした備前屋の行く手には、銀次がたちはだかる。

銀流しの十手で眉間を割り、手間も掛けずに昏倒させた。

ひとり残った勝俣は、簡単な相手ではない。

長尺の刀を青眼に構え、勘兵衛の鼻先にぴたりと切っ先を合わせる。

「突きの勝俣め、腕の傷が疼きやがるぜ。でもな、おめえの相手はおれじゃねえ」

顎をしゃくったさきには、大柄の鯉四郎が気配もなく立っていた。

振りむいた勝俣は瞠目する。

「……す、末吉鯉四郎か」

「勝俣よ、悪行もたいがいにしておけ」

「何だと」

「腰物奉行の腰巾着になりさがりおって。同門として情けないわ」

「余計なお世話だが、まあよかろう。以前から、おぬしとは決着をつけようとおもっておった。今宵がそのときかもしれぬ」

「肩より上に腕があがらぬのであろうが」

「そこの老い耄れに不覚を取ったが、突くぶんには支障がない」

「なるほど、そうかもな」

「わかっていても、わしの突きは躱せぬぞ」

「どうかな」

鯉四郎にしては喋りが多い。今ひとつ自信がないのだろうか。

得意技は大上段からの斬りおとしだが、狭い部屋のなかでは使えまい。

手負いとはいえ、突きを得手とする勝俣に分があると、勘兵衛は読んだ。

「まいる」

抜刀するや、鯉四郎がさきに動いた。

勝俣も身を屈め、猛然と駆けだす。

「ねい……っ」

鯉四郎は刀身を上段に構え、勝俣は迷わず突きに出た。

――ばすっ。

上段の一撃が、頭上の欄間《らんま》に引っかかる。

「莫迦《ばか》め」

勝俣は発し、渾身の突きを繰りだした。

鋭い刃の先端が、鯉四郎の左胸に刺さる。

と、同時に、鯉四郎の拳が勝俣の顔面を捉えた。

――ぐしゃっ。

鈍い音は、鼻の骨が砕けた音であろうか。

勝俣はその場に倒れ、起きあがってこない。

一方、鯉四郎の胸には、刀が刺さったままだ。

「鯉四郎」

勘兵衛は駆け寄り、婿の袖を摑んだ。

「おい、大丈夫か」

「ご心配なく。それがしは平気です」

鯉四郎は、ぐいっと襟をひろげてみせる。

胸に縛りつけた厚めの板に、勝俣の刀が刺さっていた。

「こやつめ、驚かせおって」

「悪党でも無闇に斬ってはならぬと、義父上は仰いました」

「わしの教えを守ったと申すか」

「さようにござります」

「こやつめ、死んだら元も子もあるまい」

そうしたやりとりを、儀右衛門が後ろから羨ましそうにみつめている。

三十年前に失った師匠のことをおもいだしているのだろうか。

「ともあれ、一件落着だな」

勘兵衛は発しながらも、秘かに溜息を漏らす。

十手を預る身として、儀右衛門を裁かねばならぬ時が近づいていた。

十四

腰物奉行の佐々岡村重は「御役目怠慢」との理由で腹を切った。

用人頭の勝俣隼人も同様に切腹、古物商の備前屋藤七は「故買」という別の理由で斬首になった。

梶谷平六が盗んだ不動国行の影打ちは、すでに、幕府の刀剣所へ戻されている。

——かたかた、かたかた。

辻向こうから聞こえてくるのは、定斎屋《じょさいや》の担う簞笥《たんす》の鐶《かん》が鳴る音であろうか。

鬱陶しい梅雨も終わりに近づいた頃、勘兵衛は芝日蔭町の儀右衛門を訪ねた。

訪ねるのが遅くなったのは、各所への段取りに手間取ったからだ。

引導を渡すのは自分の役目だから、早まったことだけはするなと釘を刺してあった。儀右衛門からは逆しまに、例の「赤鰯」を西条藩の菩提寺へ奉納したとの報せが届いていた。

そろそろ決着をつけねばなるまいとおもい、勘兵衛は重い腰をあげたのである。

鯉四郎と銀次にはほかの用事を言いつけたので、ひとりで屋敷へやってきた。

庭を彩る手鞠《てまり》咲きの紫陽花は、勘兵衛の庭にある青紫の紫陽花とちがって赤紫が目立つ。

おそらく、土壌の質が異なるのだろう。

どうでもよいことを考えながら、表戸を敲こうとした。

内から音も無く戸が開き、羽織姿の儀右衛門に差し招かれる。

「うぽっぽの旦那、ようこそおいでくださりました」

「あの日以来だな」

ずいぶん経ったような気もするが、悪党どもを成敗したのは数日前のはなしだ。

あの日とは別の客間に導かれ、酒肴《しゅこう》の相伴に与った。

正直、酒の味もわからぬし、肴を楽しむ気にもならない。

疾うに覚悟を決めた儀右衛門は、白い中着まで纏っていた。

「旦那が苦しむことはありません。ひとこと言ってもらえれば、それでいいのです」

「待て。そのめえに聞きてえことがある。どうして、おめえは触頭になれたんだ」

「先日も申しあげたとおり、運が良かったのでございます」

「おめえの腕を見込んだ触頭の先代もそうだが、ほかの長老たちはほんとうにおめえの素姓を知らなかったのか」

「わたしは人殺しです。それを知ったうえで触頭に推挙することなどあり得ませぬ。わたしは、世話になった先代や研ぎ仲間たちも欺いておりました。どっちにしろ、けじめをつけなくてはならぬのです」

「ふん、頑固な野郎だぜ」

やっぱり、おれひとりの力じゃどうにもならねえなと、勘兵衛は胸の裡《うち》につぶやく。とりあえずは酒の力を借りるべく、酒の満たされた盃をたてつづけに呷《あお》ってみせた。

「旦那、そろりとお縄を」

儀右衛門は身を寄せ、膝立ちで両手を差しだす。

「ちっ」

勘兵衛は舌打ちした。

「急《せ》くなと言ったはずだ。おみちのおっかさんが教えてくれたぜ。亡くなった吾平の墓にはいつの頃からか、命日に花が手向けられるようになったとな。そんなことをするのは、おめえしかいねえ。それでな、おめえはきっと生きている、上手に生きのびてくれたんだって、おっかさんはおもった。それだけを糧に生きてきたそうだ」

「おかみさんが、さようなことを」

おみちと母親は黒板塀の平屋に戻っていたが、儀右衛門はまだ訪ねていない。おそらく、二度と訪ねることはあるまいとおもっているのだろう。

勘兵衛は手酌で酒を注いだ。

「おっかさんだけじゃねえ。おみちも泣きながら、おめえの命乞いをしやがった」

「えっ、お嬢さまが……しゃ、喋ったのですか」

「嘘だとおもうんなら、外に出てみな」

「えっ」

「ほら、早く行け」

勘兵衛は儀右衛門を部屋から追いだし、自分も背につづいて表口へ向かった。

さきほどまでとは異なり、板戸の向こうが何やら騒がしい。

儀右衛門は戸を開け、裸足《はだし》で外に飛びだした。

勘兵衛もあとにつづく。

何やら、大勢の男たちが集まっていた。

鯉四郎が涼しい顔で、勘兵衛のもとへやってくる。

「義父上、主立った研ぎ師たちを連れてまいりました」

「ご苦労さん」

儀右衛門は呆気に取られている。

研ぎ師のなかには、樽吉の顔もあった。

勘兵衛が後ろから、儀右衛門に喋りかける。

「知った顔ばかりだろう。先代から世話になっていた連中さ。こいつらが何で集まってきたかわかるか。おめえに触頭をつづけてほしいんだとよ」

「えっ」

「もちろん、おめえのむかしは知っている。じつはな、先代も知っていた。おめえを推挙するとき、みんなにおめえのやったことを喋ったそうだ。そんとき、みんなは誓ったらしい。そのはなしは墓場まで持っていくとな」

「……そ、そんな」

樽吉も涙を溜めてうなずいている。おそらく、すべてを知ったうえで、儀右衛門に束ねを任せていたのだろう。

「儀右衛門を裁くなら、おれたちぜんぶを裁いてくれと、こいつらは平伏しやがった。ふん、知らねえのは、おめえだけさ。でもな、世の中には知らずにいてもいいことだってある」

「旦那、でもわたしは」

「勘違いするな。おれは慈悲の安売りはしねえ。でもな、おめえは三十年ものあいだ、人知れず苦しんできた。苦しんだ歳月も立派な罰だ。おめえは罪を償った。そうおもっているのは、おれだけじゃねえ」

銀次が後方から、おみちと母親を連れてきた。

勘兵衛はつづける。

「さっき言ったよな。七つのときに声を失った娘が、必死のおもいでおめえの命乞いをしてみせたと。おみちは喋ったんだぜ。自分の耳で聞いてみな」

おみちが母親に背を押され、儀右衛門のそばに近づいてくる。

「しょ……正次さん……あ、ありがとう」

ありがとうのひとことに、すべてのおもいが込められている。

儀右衛門は泣きくずれ、立ちあがることもできなくなった。

鯉四郎や銀次や、ほかの連中も貰い泣きしている。

勘兵衛はぐっと堪え、強い口調で諭した。

「今はたどたどしい喋りだが、修練すればすぐに上手くなる。儀右衛門よ、おめえが相手をつとめてやれ。ただし、触頭をやりながらな。いいか、ここに集まった連中のおもいを無にするんじゃねえぜ。そんなことをしたら、おれが今度こそ縄を打ってやるからな」

晴れた空には、真夏のような雲が浮かんでいる。

もう少しで川開き、両国《りょうごく》橋の真上には花火の華が咲くことだろう。

蒸し暑くなったら浴衣で仲良く縁側に座り、西瓜《すいか》にでもかぶりつけばいい。

儀右衛門には心置きなく残りの人生を楽しんでほしいと、勘兵衛は願わずにいられなかった。

夏枯草《かこそう》

一

両国橋の上空に大輪の花火が弾けると、いよいよ水涸《みずが》れの季節がやってくる。

「水無月《みなづき》とはよう言うたものよ」

仁徳は起きがけに井戸水を頭から浴び、馬のように胴震いしてみせた。

朝の水浴びは長生きの秘訣らしいのだが、勘兵衛はつきあわず、いつもどおりに『福之湯』のある芝居町をめざす。

「朝風呂だけは欠かすことができぬからな」

いつもは鎧《よろい》の渡しから小舟に乗って日本橋川を渡るが、霊岸島《れいがんじま》から箱崎《はこざき》のほうへ大きく回り道をした。

回り道ほど楽しいものはない。

蠣殻《かきがら》町から銀座に抜ける途中、松島町の一角で足を止めた。

いつものことだ。冨田流の小さな町道場がある。

「やっ、たっ、いえい……っ」

威勢の良い掛け声が外まで聞こえてくるので、おもわず門を潜って格子窓から板の間稽古を覗きたくなる。

おもしろいことに、剣を習っているのは侍ではなく、市井の連中だった。

商家の奉公人や裏長屋の職人もいれば、年頃の娘たちまでが通ってくる。

冨田流は小太刀が流派の要ゆえ、おなごでも習熟しやすいのだろう。

道場主は福山松《ふくやままつ》之助《のすけ》という明朗快活な人物である。

噂では元幕臣らしいが、詳しいことはわからない。

年格好といい、つれあいに先立たれた境遇といい、自分と似たところがあるせいか、勘兵衛は数年前から親しくしている。二十歳になった一人息子の松太郎《まつたろう》がまだ若衆髷《わかしゅまげ》を結っていた頃ゆえ、今から七、八年前からのつきあいになろう。

見慣れた冠木門《かぶきもん》を潜ると、合歓《ねむ》の木が迎えてくれた。

麻衣《あさぎぬ》を着た鬢《びん》の白い男が水遣りをしている。

道場主の福山だ。

目敏くこちらをみつけ、目尻に皺をつくった。

「これはうぽっぽどの、おはようござる」

「おはようござる。合歓の花が咲きましたな」

「ええ、夏のあいだは楽しめましょう。合歓は怒りを去らしむとも申します。腹の立つことがおありなら、愛《め》でにお越しくだされ」

「日に何度も足を運ぶことになりますぞ」

「ふふ、そうでしょうな。町を歩けば怒りの種がそこいらじゅうに落ちている。いくら温厚なうぽっぽどのでも、我慢のならぬときがありましょう」

「それはおたがいさま。このところ怒りっぽくなったと娘にもよく言われるので、気をつけるようにしております」

「そう言えば、娘御は医の道を志しておられたな」

「所帯を持って子ができても、まださようなことを申しております」

「志を持ちつづけるのはよいことだ。拙者が言うのも何だが、そっと見守っておあげなされ」

親身に助言してくれる相手もいないので、勘兵衛はありがたいとおもった。

「ところで福山どの、今朝はいつも以上に声が弾んでおられるようだが」

「わかりますか。じつは、息子に仕官話がござってな」

「ほう」

美濃国《みののくに》加納《かのう》藩三万石を治める永井《ながい》家より、剣術指南役に推挙してもよいとのはなしが舞いこんできた。半月ほどまえ、同家の家臣が多く在籍する武衛館《ぶえいかん》に出稽古へ行き、十人抜きをやってのけたことで注目されたという。

「数日前、上屋敷からご使者がみえてな、武衛館の師範代と立ちあって勝ちを得れば、かならずや剣術指南役に推挙するという御家老さまのおことばをお伝えいただいた」

「それはめでたい」

「いや、まだ決まったわけではござらぬ。されど、さようなおはなしを頂戴しただけでもありがたくおもいましてな」

永井家の上屋敷はすぐそばの浜《はま》町河岸にあり、福山は十年以上もまえから美濃傘張りの内職を請けおっていた。丈夫な美濃紙を使った美濃傘は武家や商家になくてはならぬもので、加納藩の藩財政を支える商いのひとつでもある。それゆえ、仲立ちの商人を介して内職をする浪人は蠣殻町や松島町の周辺に多く、手先の器用な福山は重宝がられていた。

道場を覗けば、いつも板の間に傘の花が咲いている。蛇の目模様が所狭しと並ぶ光景は壮観だった。門弟たちからは束脩《そくしゅう》も受けとらぬゆえ、傘張りの内職だけが道場の継続を支えているようなもの。息子が仕官できれば暮らしも楽になるので、道場主の親としてはありがたいはずだ。

「侍として名誉なことでござる。されど、糠《ぬか》喜びで終わるやもしれぬゆえ、周囲には喋らぬようにしております」

勘兵衛には黙っていられなくなったらしい。

きっと誰かに喜びを伝えたかったのだろう。

「武衛館の師範代とは、いつ立ちあうのでござろうか」

「三日後にござる」

「松太郎どのはさぞや、稽古に励んでおられような」

「泰然としておりますよ。情けないはなし、親のほうが緊張しておる始末で」

「それが親と申すもの。されば、ご武運を」

「かたじけない」

勘兵衛は一礼し、くるっと踵《きびす》を返す。

と、そこへ、島《しま》田《だ》髷《まげ》の娘が駆けこんできた。

「あっ」

躓《つまず》いて前のめりになり、勘兵衛に寄りかかってくる。

両手で支えてやった途端、陳皮《ちんぴ》の香りに鼻を擽《くすぐ》られた。

「……も、申し訳ございませぬ」

ぱっと身を離し、米搗《こめつ》き飛蝗《ばった》のように何度も頭をさげる。

そそっかしい娘だが、まっすぐな眼差しが好ましく感じられた。

福山が助け船を出す。

「おさなでござるよ。そのじゃじゃ馬、香煎《こうせん》屋の娘にもかかわらず、花嫁修業より剣術を好みましてな。父御はさぞかし、近所に道場を開いた拙者を恨めしくおもっておりましょう」

「とんでもございません」

と、おさなが慌てて否定する。

「おとっつぁんは、大先生と若先生を心の底から敬っております。大先生は神棚に祀《まつ》りたいほど立派なお方だと、ことに寄せては申しております」

「おいおい、死んでもおらぬのに神棚は困るな。ほれ、このとおり、まだぴんしゃんしておるぞ」

「あっ、申し訳ありませぬ。ものの喩《たと》えゆえ、ご容赦ください」

おさなは顔を赤く染めて小走りになり、表口の向こうへ消えていく。

可愛らしい娘だなとおもい、勘兵衛はおもわず微笑んだ。

福山は眸子《まなこ》を細める。

「おなごだからと申して、剣術を習ってはいかんという道理はござらぬ。習いたい者があれば、誰であっても拒まず。それが福山道場唯一の決め事にござる」

「お見事」

一本取られた気分になった。

「うぽっぽどの、いかがです。久方ぶりに一手立ち合いませぬか」

「はは、遠慮しておきます。早く朝風呂を浴びねばならぬもので」

「されば、またの機会に。そこもとは互角に渡り合える好敵手ゆえ、いつも楽しみにしておるのですぞ」

「こちらこそ」

「若い者には、まだ負けられませぬな」

「仰るとおり。松太郎どのにも、よしなにお伝えくだされ」

勘兵衛は一礼し、今度こそ福山に背を向ける。

くたびれた冠木門を潜り、金魚売りの声に耳をかたむけながら、表通りへと歩を進めていった。

二

三日経った。

申し合いの結末が気になり、銀次に頼んで探ってもらうと、松太郎は武衛館の師範代に完勝していた。

「相手の名は宇津見《うつみ》兵庫《ひょうご》、丈六尺の大兵《たいひょう》でござんす」

しかも、加納藩永井家の徒頭《かちがしら》を務める重臣の子息らしい。

武衛館は東軍流の道場だが、宇津見の修めた剣は同流直系の巌流《がんりゅう》、かの佐々木小次郎が宮本武蔵に挑んだ際に使ったという燕返《つばめがえ》しを得意技にしていた。

申し合いは木刀による寸止めで勝敗を決するものとし、双方とも武具は身に着けなかった。宇津見の木刀は五寸ほども長かったが、それは小太刀を得手とする松太郎が敢えて短い木刀を所望したからだ。

「勝負は瞬きのあいだに決しやした」

京の五条大橋で弁慶と渡りあった牛若丸のごとく、松太郎は宇津見の燕返しをひらりと躱《かわ》し、その場で二間近くも跳躍するや、相手の脳天へ逆落としの一撃を見舞った。いや、見舞ったかにみえた。

銀次の口調は、講談師のごとく熱を帯びる。

「もちろん、当たっちゃおりやせん。ところが、宇津見は白目を剥いてどっと倒れた。たぶん、脳天を割られたとおもいこんだにちげえねえ」

福山松太郎や、恐るべし。

町道場の名も無き剣士が大道場の師範代に勝ったと、隣近所の連中は大騒ぎで祝杯をあげているという。

「さっそく、祝いの席を設けねばなるまい」

勘兵衛は喜びつつも、少しばかり不安になった。

もしかすると、勝ってはいけない相手だったのかもしれない。そんな考えが脳裏を過《よ》ぎったのだ。

もちろん、杞憂《きゆう》であるに越したことはなかろう。

翌夕、勘兵衛は福山父子を酒席に誘った。

酒席といっても、松太郎は酒を呑まぬと聞いたので、食べ物のほうで祝ってやろうとおもい、尾張町にある『大和田源八』の鰻丼《うなどん》と築地南小田原町の泥鰌鍋《どじょうなべ》のどちらがよいか尋ねたところ、泥鰌鍋を食べたいとの返事があった。

　こちらからも下戸で大食漢の鯉四郎を引きつれ、築地の本願寺橋を渡ってたどりついたのは『どろ八』という店である。日没前から店はけっこう混んでおり、小上がりの片隅に衝立《ついたて》一枚立てただけの席ではあったが、福山父子は心の底から感謝しているようだった。

「うぽっぽどの、かたじけない。父子ともども、光栄のいたりにござる」

「堅苦しいことは言いっこなし。たかが、泥鰌にござる」

「いいえ、うぽっぽどのから祝っていただくのが、何よりも嬉しいのです。のう、松太郎」

「はい」

　父のからだつきと同じ撫で肩の松太郎は、どちらかと言えば飄々《ひょうひょう》としており、多くを語らない。寡黙なところは鯉四郎と似かよっており、以前から好印象を抱いていた。

　ともあれ、下戸のふたりを差しおき、勘兵衛と福山は祝杯をあげる。

　差しつ差されつしていると、ぐつぐつ煮立った土鍋が運ばれてきた。

「おまちどおさま」

　禿《は》げ頭の親爺は、にこりともしない。

「あいかわらず、無愛想だな」

勘兵衛はこぼし、満面に笑みを浮かべた。

「これよ、これ」

深川辺りで捕れた泥鰌を丸のまま熱い鍋に入れてぶち殺す。名物でもある「地獄鍋」の迫力に、若いふたりは圧倒されている。

「夏に滋養をつけるなら、地獄鍋にかぎる」

福山は上機嫌で言い、みずから鍋蓋を外してみせた。

濛々《もうもう》と湯気が舞いあがり、四人をたちまちに包みこむ。

「さあ、食え」

勘兵衛に誘われ、松太郎と鯉四郎が小鉢に泥鰌を盛りはじめた。

泥鰌と牛蒡《ごぼう》を玉子でとじてあるので、贅沢な食べ物とも言えよう。

もちろん、日本橋浮世小路《うきよしょうじ》の辺りにある料理茶屋とはくらべものにならぬほど値は安い。

松太郎は蓮華《れんげ》を使い、口をはふはふさせはじめた。

「……おほっ、熱うございます」

と、言いながらも、小鉢をすぐさま空にする。

鯉四郎も負けじと、山盛りによそって泥鰌を食った。

大量に汗を掻《か》きながら、ふたりは競うように食いつづける。

さらに、飯櫃《めしびつ》も運んでもらうや、ご飯に煮汁を掛けてかっこんだ。

親たちは酒を酌み交わし、若い連中の食いっぷりに眸子を細める。

「何やら、みておるだけで腹が一杯になるな」

酔いがまわってきたのか、福山は涙ぐんだ。

傘張りで生活を立ててきた苦労がおもい起こされたのか。

福山道場は市井の人々に門戸を開くことで、幕臣や在府の藩士たちからは見向きもされなくなった。「侍の寄りつかぬ似非《えせ》道場」などといった心ない中傷を受けたことも一度ならずあっただろう。流派を広めたい一流の剣士としては、忸怩《じくじ》たるおもいを抱いたにちがいない。

松太郎の快挙によって、少なくとも、小莫迦《こばか》にする連中に一矢を報いてやった。あるいは、剣術家の矜持《きょうじ》を捨てずに歩んできた道が正しかったと証明することができた。それゆえ、感極まってしまったのではないかと、勘兵衛は推察した。

「いやあ、嬉しい。今日ほど嬉しいことはない」

福山の喜びは勘兵衛の喜びでもある。

松太郎にしても、これ以上の親孝行はなかろう。

「つれあいが生きておれば、さぞかし喜んだことでしょう」

亡くなったのは十年以上前、いまだ公儀から禄《ろく》を食《は》んでいた頃であったという。推察するに、妻女の死は御城勤めを辞めたことと関わりがあるようだ。されど、福山の口から経緯は語られず、松太郎も表情ひとつ変えなかった。

親たちはだらだら呑みつづけ、鱈腹《たらふく》食べた若いふたりはさきに帰った。

福山が浮かない顔をしてみせたので、勘兵衛は酌をしながら首をかしげた。

「どうされた。何か悩みでもおありか」

「なあに、たいしたことではござらぬ。剣術指南役が決まったら決まったで、何かと物入りになるのではないかと、ちと案じておりましてな」

それは勘兵衛が秘かに案じていたことでもあった。

たとえば、推挙してくれた相手のもとへ挨拶に伺うにも手土産がいる。本来ならば、いくばくかの礼金を携えていかねばなるまい。松太郎のお披露目ともなれば、それこそ気の利いた料理茶屋で一席設ける必要もあろう。

生活にも事欠く町道場主に蓄えなどあろうはずもなく、何らかの手段で金銭を工面するしかなかった。

こればかりは、勘兵衛としても助言し辛い。

余計な金が掛からぬことを祈るしかなかろう。

「まあ、悩んでも詮無いこと。いざとなれば、出世払いということにして、誰かに借りればよいのでござる」

福山は強がりを言ってみせたが、勘兵衛の気持ちは晴れない。

松太郎は親の事情を気遣って、仕官できずともまったく気にならないと言ってくれたらしいが、そうであればなおさら、親としては仕官させてやりたいとおもうはずであった。子の幸せを願う気持ちが昂じて道を踏みはずさねばよいがと、勘兵衛は願わずにいられない。

数日後、案じていたとおりのことが起こった。

三

福山は高利貸しから金を借り、あろうことか、貧乏人に借金の返済を迫る付け馬のまねごとまでやらされているという。

勘兵衛は心配になり、銀次に様子を窺うように命じていた。

「噂はまことで。高利貸しは、かささぎの市兵衛《いちべえ》にござりやす」

「かささぎの野郎か」

表向きは渡り中間の手配を専らとする人宿《ひとやど》の主人だが、本所《ほんじょ》回向院《えこういん》前の隠し町で女郎屋も営んでいた。

高利で貧乏人に金を貸し、借金のカタに年頃の娘たちを奪っては女郎屋に沈め、只《ただ》同然ではたらかせる。悪党を絵に描いたような男だが、小狡《こずる》くてなかなか尻尾《しっぽ》を摑ませない。

「厄介な野郎でやす」

本所廻りの連中に袖の下をたんまり渡し、悪事を見逃してもらっているのだ。

本気で市兵衛を断罪しようとおもえば、犬猿の仲の本所廻りと正面からぶつかることになる。南町奉行の根岸《ねぎし》肥前守《ひぜんのかみ》鎮衛《やすもり》は内々の諍《いさか》いを忌み嫌うので、勘兵衛としても波風を立てたくはなかった。

「よりによって、かささぎから金を借りるとはな」

「永井家の御使者も内々に道場へやってきたみてえだし、いよいよ松太郎さまは剣術指南役に推挙されやしょう。そうなりゃ、何かと物入りになる。背に腹は代えられねえってことで、御父上はうっかり阿漕な金貸しのはなしに乗っちまった。まあ、そんなところでやしょう」

松太郎の出世払いだけでは、おもいどおりの額を借りられなかったのか。侍の矜持を捨てても、付け馬のまねごとをやらねばならぬ。福山の心中をおもえば複雑な気持ちにさせられたが、気の利いた助言は頭に浮かんでこない。

それでも、重い腰をあげざるを得ぬ事態が舞いこんできた。

銀次の報告から数刻後、干上がった町がようやく翳《かげ》りはじめた日没間近の頃、福山が市兵衛の店で大立ちまわりを演じたのである。

南茅場町の大番屋で一服していた勘兵衛は、押っ取り刀で向両国《むこうりょうごく》の回向院前に向かった。

本所尾上《おのえ》町の一角には壁に猪の黒い皮を張りつけた獣肉屋《ももんじや》があり、人宿の看板を掲げた店はその隣にある。

すでに、店の前には人垣が築かれていた。

勘兵衛は野次馬を掻き分け、敷居の内へ躍りこむ。

何と、福山は三和土《たたき》のまんなかに座り、後ろ手に縛られていた。

髪は乱れ、着物の袖は裂け、項垂《うなだ》れた横顔には撲《なぐ》られた痣《あざ》まで見受けられる。

周囲には小者たちが控え、上がり端のうえからは強面《こわもて》の男が睨めつけていた。

かささぎの市兵衛である。

目敏く勘兵衛をみつけ、眉間に縦皺を寄せた。

「ご覧のとおり、取りこみちゅうでしてね。臨時廻りの旦那が何のご用です」

「おれが来たら迷惑か」

「こちらからお願いしておりやせんからね」

「侍をふん縛っておいて、その言いぐさはねえだろうよ。おめえとは知らねえ仲じゃねえんだ、事情を聞かせてみな」

「事情もへったくれもありやせんや。飼い犬に手を噛まれたってだけのはなしでさあ」

「どういうことだ」

「付け馬に雇った浪人が、向かったさきで借金を回収しねえどころか、借金のカタに取ろうとした娘を庇って暴れやがった。天秤棒を振りまわし、可愛い手下の腕を折っちまったんでさあ」

　借金をしたのは為三《ためぞう》という酔いどれの鳶職《とびしょく》、博打で身を持ちくずした男らしかった。十五の娘はすでに覚悟を決めており、父親との別れも済ませていたという。ところが、不馴れな福山が用心棒として従いていったばっかりに、はなしは妙なほうにこじれた。

「『為三が改心するまで待ってやれ』と言われても、はいわかりましたとはなりやせんぜ。他人様《ひとさま》から金を借りたら、決められた期限までに返《け》えすのが道理だ。返えすことができねえなら、最初から借りなきゃいいんです。旦那だっておわかりのはずだ。この商売、嘗められたら終わりなんですよ」

だから、侍だろうと何だろうと縛りつけて痛めつけ、同じ轍《てつ》を踏まぬように内外にしらしめてやらねばならぬと、市兵衛は鼻息も荒く言いはなつ。

「ふん、偉そうに」

勘兵衛は吐きすて、福山のそばに近づいた。

手下どもを押しのけて屈み、縄を解こうとする。

「おいおい、勝手なまねは許さねえぜ。本所廻りの旦那も呼びにやったんだ」

委細構わず、勘兵衛は縄を解き、福山の肩を揉んでやった。

「……か、かたじけない」

福山は俯いたきり、顔をあげる気力もない。

「さあ、まいろう」

勘兵衛が肩を貸そうとしたところへ、銀流しの十手を携えた岡っ引きが駆けこんできた。

びんぞりの文七《ぶんしち》、本所廻りの提灯持ちである。

平常《ふだん》から鼻薬を効かされているので、あたりまえのように市兵衛の肩を持った。

「長尾さま、ここは本所だ。勝手なまねをされたら困りやす」

「何も、おめえが困ることはねえだろうよ。そもそも、高利貸しってのは御法度なんだぜ。

御法度の悪党を捕まえるのが、おめえの役目じゃねえのか」

「駆け出しのガキじゃあるめえし、今さらそんなことを言われても」

「まあ、そうだな。おめえじゃはなしにならねえ」

福山を立たせ、敷居のほうへ向かう。

だが、外へは出られない。

縦も横も大きな小銀杏髷《こいちょうまげ》が、表口にのっそりあらわれたからだ。

本所廻りの宍戸《ししど》馨之介《けいのすけ》、高慢ちきで灰汁《あく》の強い同心にほかならない。

「おや、臨時廻りの老い耄《ぼ》れが何の用だ」

「あいかわらず、口の悪いやつだな」

「その浪人はおれの獲物だぜ。老い耄れなんぞに勝手なまねはさせねえ」

「まあ、そう言うな」

勘兵衛は折れた。その態度がめずらしいとおもったのか、宍戸はにんまり笑う。

「そいつとは、どういう関わりなんだ」

「剣術の師匠でな、日頃から世話になっておるのさ」

「なるほど、おめえにも引けねえ理由があるってわけか。ならよ、貸しにしてやってもいいぜ」

「ふうん、おめえにしちゃ気前がいいな」

「もちろん、すんなり引き渡すわけにゃいかねえ。おれに頭をさげろ」

「何だと」

「嫌なら、このはなしは無しだ」

宍戸は身構えた。

むかしから後先のことは考えぬところがある。

同心同士がやりあっても何ひとつ益はないし、あとでふたりともお咎めを受けるのはわかっているのに、十手ばかりか刀さえも抜きかねない。

あいかわらず、危なっかしいやつだな。

勘兵衛は胸の裡でつぶやき、ぱんと裾を割って頭《こうべ》を垂れた。

「おっと、素直に言うことを聞いたな。でもな、それじゃ駄目だ。もっと頭をさげろ。額が膝にくっつかなくちゃならねえ」

後ろに佇む福山が殺気を放った。

勘兵衛は手を伸ばし、袖をぎゅっと摑む。

「さあ、やってみろ」

宍戸に煽られ、言われたとおりに頭をさげた。

額が膝にくっつくほど背を丸めると、上がり端のほうから高笑いが聞こえてくる。

「ふへへ、あれをみな、ざまあねえや」

市兵衛が叫ぶと、手下たちも一斉に嗤いだした。

文七もけたけた嗤い、宍戸は身を反らして嘲笑する。

「情けねえ。長尾勘兵衛も、すっかり枯れちまったなあ。さあ、行け。尻尾を巻いて橋向こうに行っちまえ」

勘兵衛は福山の袖を引き、敷居の外へ出た。

左右に分かれた野次馬たちは、白い目でみつめてくる。

夕まぐれの空は薄暗く、巣に帰る烏が間の抜けた声で鳴いていた。

「……す、すまぬ……ま、まことに、すまぬことをした」

福山はただ、謝ることしかできない。

これだけのことをしでかせば、噂はすぐに広まり、永井家の連中にも伝わるにちがいない。そうなれば、松太郎の仕官話は立ち消えになるかもしれず、勘兵衛はどうやって慰めたらよいのかもわからなくなった。

福山も最悪の事態は覚悟していよう。

身から出た錆とはいえ、神仏を呪いたくなるはずだ。

――ぐうっ。

そのわりには、腹の虫を鳴らしている。

「なるほど、腹の虫は正直だな」

勘兵衛は両国橋の東広小路に歩を進め、冷や酒と蕎麦を商う屋台の灯りを探した。

四

噂は広まったはずなのに、仕官話が立ち消えになる様子はなかった。

勘兵衛は奇妙に感じたが、永井家との縁が切れなければ、とりあえずはよしとせねばなるまい。

頭の片隅に引っかかっていたのは、為三という鳶職と娘のことだ。

借金を返すことができない為三は、とどのつまり、娘を売るしかない。

福山もどうなったか気にしていようし、勘兵衛は自分の目で結末を確かめてみようとおもったのである。

銀次の調べで、為三父娘の暮らす裏長屋は相生《あいおい》町河岸にあることがわかった。

何のことはない、本所回向院の裏手から少し歩いただけのところだ。

朽ちかけた木戸を潜ったさきは「軍鶏店《しゃもだな》」と呼ばれていた。

喧嘩っ早い連中が住んでいるのだろうか。

なるほど、十手持ちを寄せつけぬ殺伐とした空気が漂っている。

勘兵衛はどぶ板を踏みしめ、肥溜めのある奥のほうへ進んでいった。

探しあてた部屋を訪ねてみれば、おえっとなるような酢っぱい臭気に襲われる。

五分月代の男が昼間から酒を喰い、大鼾《おおいびき》を掻きながら板の間に転がっていた。

「ちっ」

為三であろう。

起こしたところで、まともに口をきけそうにない。

敷居の外へ逃れたところへ、十四、五の娘がやってきた。

こちらをみつけて息を呑み、その場に立ち竦《すく》んでしまう。

勘兵衛はゆっくり近づき、仏のように微笑んだ。

「おめえ、為三の娘か」

「はい、れんと申します」

「そうかい、おれんか。おれは臨時廻りの長尾勘兵衛ってもんだ。知りあいには、うぽっぽと呼ばれている」

「うぽっぽ」

「浮かれて遊びあるく阿呆のことさ。江戸じゅうの路地を朝から晩まで飽きもせずに歩きまわる。そいつがおれの役目でな、十手はただの飾りみてえなもんだ。恐がることなんざ、ひとつもねえ」

優しく語りかけてやると、おれんは緊張を解いた。

勘兵衛はさりげなく本題を持ちだす。

「とある筋から、おめえが借金のカタに取られたって聞いたが、そいつは何かのまちげぇか」

「一度は女郎屋に連れていかれました。でも、付け馬のご浪人に助けていただいたんです」

「ほう、連れていかれたさきで助けられたのか」

「はい、着いてすぐにご浪人があらわれ、おとっつぁんの貸付証文をみせていただきました」

「貸付証文か」

「はい、わたし字が読めないから、説いていただいたんです。そしたら、この証文は月踊りだから金を返す必要はない。おぬしがカタに取られるのはおかしなはなしだから、長屋に帰っていい。あとは自分に任せろと仰って、わたし恐かったけど、ご浪人の言うとおりにしたんです」

「なるほど、月踊りか」

あきらかな御法度、利息の二重取りである。

福山は貸付証文を手に入れ、裏のからくりを見抜いたのだろう。

とりあえず娘は助けられたが、貸付証文を盗んだことで市兵衛の怒りを買ったにちがいない。

「ご浪人がどうなってしまったのか、どうしても気になって、回向院門前の人宿まで様子を窺いにまいりました。そしたら、ご浪人が天秤棒で金貸しの手下どもを叩きのめしていました。近所の人たちはみんな、ご浪人を応援していたんです」

ところが、ひと暴れすると、福山はみずから三和土に座りこんだ。

「『縄を打つなら打て。撲って気が済むなら撲れ。ただし、金輪際、貧乏人を騙して借金させるのは止めろ』と、ご浪人は静かな口調で仰いました。わたしは涙が出そうになったんです。世の中には、こんな生き仏のようなお方もおられるんだ。そうおもったらたまらなくなって」

もちろん、金貸しの悪党どもにきれいごとは通じない。福山は後ろ手に縛られ、強《したた》かに頰を撲られた。撲られているあいだも歯を食いしばり、痛みに耐えつづけていたのだという。

おれんはみていられなくなり、店の前から逃げだした。

おそらく、その直後に勘兵衛が乗りこんだのであろう。

勘兵衛は事情を知り、たまらない気持ちにさせられた。

福山は何も言ってくれなかったのだ。

月踊りのことも、身を犠牲にしておれんを救おうとした経緯も、何も言わずにただ達観したような顔で屋台の蕎麦を啜っていた。

どうしても金がほしくて高利貸しのもとを訪ね、本意ではない役目を引きうけた。

気の迷いと断じるしかないおこないを、心の底から恥じているようだった。

いくら悔いても、時を戻すことはできない。

「まこと、あの御仁は……」

手先は器用でも、生き方には不器用な男なのだ。

おれんは一礼し、臭気に包まれた部屋に消えた。

乗りこんで為三を叱りつけてもよいが、立ちなおることができるかどうかは本人次第だ。酒代を手にするために別の高利貸しから金を借りたら、娘のおれんは今度こそ苦界に堕《お》とされよう。

ただ、勘兵衛にはどうすることもできない。

同じように哀れな娘たちは、数えきれぬほどいる。

不幸の芽をひとつずつ摘んでいくにも限界があった。

男たちのどす黒い欲望が消えぬかぎり、女たちの不幸はつづくのだ。

だからといって、目の前の悪党を放っておくことはできない。

勘兵衛は袖を靡かせ、阿漕な高利貸しのもとへやってきた。

店の敷居を踏みこえるなり、腹の底から声を張りあげる。

「市兵衛はいるか」

先回とは顔つきがあきらかにちがう。

喩えてみれば、獲物を狙う猛禽《もうきん》であろう。

奥の暖簾を振りわけ、かささぎの市兵衛がひょいと顔を出した。

「誰かとおもえば、臨時廻りの旦那。いってえ、何のご用です」

「そいつは自分の胸に聞け」

勘兵衛は雪駄《せった》も脱がず、上がり端から板の間にあがった。

「おいおい、何のまねでえ」

市兵衛は凄《すご》み、手下どもが集まってくる。

勘兵衛は構わず、大股で身を寄せるや、かささぎの襟を掴んだ。

「うわっ、何しやがる」

抗う悪党の片手を捻りあげ、首根っこを押さえつけて跪《ひざまず》かせる。

「おれはこうみえても、存外に気が短けえんだ」

「……い、痛《いて》え……か、勘弁してくれ」

「いいや、勘弁ならねえ。月踊りの貸付証文を全部持ってこさせろ。さもねえと、腕をへし折るぞ」

「……ま、待ってくれ」

市兵衛が顎をしゃくると、手下のひとりが貸付証文の束を持ってきた。

勘兵衛は市兵衛の腕を放し、証文の束を引きよせる。

そのなかの一枚を拾い、さっと目を通すや、びりびり破きはじめた。

「うわっ、止めろ。そいつは飯の種なんだぞ」

騒ぎだす市兵衛の胸を、どんと足の裏で蹴りつける。

「うっぷ」

悪党は息を詰まらせた。

「こいつは預かっておく。悪事の立派な証しだからな」

勘兵衛は証文の束を懐中にねじこんだ。

市兵衛が涙目で懇願する。

「待ってくれ。このおれをどうしようってんだ」

「改心しろ。世の中にゃ、金を借りなきゃならねえ連中もいる。そいつらに、まっとうな利息で金を貸してやれ。そうすりゃ、おめえを獄門台にゃ送らねえ。ああ、約束しよう。改心したら、今までのことは大目にみてやるってな」

「くそっ、ふざけやがって。わかったぞ、福山っていう道場主のせいだな。あんたの師匠なんだろう。あいつを痛めつけたから、お礼参りに来たんだな。ふん、あいつの息子にゃ、永井家から仕官話が舞いこんできた。でもな、これにゃ裏がある。おれは永井家にも渡り中間を送っている。裏の事情は何から何まで耳に入えってくるのさ。そいつを聞きたけりゃ、教えてやってもいい。ただし、貸付証文と交換だ。証文の束を返えしてくれたら、道場主の知らねえはなしを教えてやるぜ」

市兵衛は勝ち誇ったように笑みを浮かべた。

さすが、海千山千の高利貸し、ただでは引きさがらない。

ただし、勘兵衛もだてに四十年近くも十手を預ってきたわけではなかった。

懐中に手を入れ、おもむろに証文を一枚取りだすと、縦に細かく裂いていき、仕舞いには天井に抛ってみせた。

市兵衛の頭に紙吹雪が舞い落ちてくる。

「……て、てめえ」

「口惜しいか。臨時廻りを嘗めんなよ。裏の事情とやらを喋ってみな。口を閉じているあいだは、紙吹雪が舞いつづけるんだぜ。さあ、喋らねえか」

凄《すさ》まじい剣幕で詰めよると、市兵衛は観念したように項垂れた。

「永井家のなかに、美濃傘の売上を掠めとっている野郎がいるそうだ。そいつを秘かに始末するにゃ、身内以外の誰かにやらせなくちゃならねえ。そこで、あんたの師匠に白羽の矢が立った。そいつが裏の事情だ」

勘兵衛は途中からはなしを聞いていない。

信じたくもないはなしだ。真実かどうかもわからぬ。だが、市兵衛に嘘を吐く理由はなかった。そうなると、裏の事情とやらを頭から否定するわけにもいかなくなる。

「さあ、喋ったぜ。証文を返えしてくれ」

懇願する市兵衛を無視し、勘兵衛は上がり端から三和土に下りた。

近づいてくる手下どもを押しのけ、敷居の外へ逃れる。

「うぽっぽ野郎め、あとで吠え面掻かせてやるからな」

背中に浴びせられた市兵衛の怒声は、すかしっ屁のようなものだが、勘兵衛の心には言い知れぬ不安が渦巻きはじめている。

もちろん、今の段階で福山に告げられることは何もない。

廻り方の範疇《はんちゅう》は超えてしまうものの、ここはひとつ覚悟を決め、裏の事情とやらを調べてみるしかなかった。

五

その夜、松太郎が闇討ちに遭ったと聞き、勘兵衛は急いで松島町の道場へ向かった。

開けはなちの門を潜って道場へ踏みこむと、目を赤くさせた娘が出迎えてくれる。

おさなという香煎屋の娘だ。松太郎が怪我を負ったと知り、慌てて駆けつけたらしかった。

「今、大先生がお手当を済ませたところです」

「さようか、手当ては父御がやったのか」

勘兵衛は雪駄を脱ぎ、板の間を突っ切って奥へ向かう。

寝所を覗いてみると、松太郎は布団ではなく、畳に胡座《あぐら》を掻いていた。

半裸の左肩に布が分厚く巻かれているものの、仁徳を呼びにやらせるほどの金瘡ではなさそうだ。

「わざわざ、お越しいただいたのか」

福山に問われ、勘兵衛はうなずいた。

「闇討ちに遭ったと聞いたもので」

「出稽古の帰りを狙われましてな。相手は三人、いずれも覆面をしておったそうです」

「覆面ですか」

三人はかなりの手練《てだれ》で、松太郎も刀を抜いて応戦せねばならなかった。

ふたりまでは峰打ちにしたものの、三人目に左肩を浅く斬られたのだ。

「そやつは三尺に近い長尺刀を下段に構え、遠目から逆袈裟に斬りつけてきたのでござる」

福山は怪我をした息子に代わり、自分の目で太刀筋を見定めたように説いた。

「相手におぼえは」

「あるそうです。覆面をしても背格好は変えられぬし、一度立ちあった相手の太刀筋を容易に忘れられるものではない」

「もしや、立ちあったことのある相手だったと」

「さよう。松太郎、うぽっぽどのにお教えせよ」

「はっ、宇津見兵庫どのにござります」

「何と」

武衛館の師範代にして巌流の遣い手、板の間の申し合いで松太郎に敗れた相手にほかならない。

勘兵衛は驚きつつも、さもありなんとおもい直す。

福山が溜息を吐いた。

「宇津見兵庫は名も無き道場主の倅に負け、満座で恥を掻かされた。重臣の子息でもあるだけに、よほど口惜しかったのでござろう」

口惜しいからといって、負かされた相手の命を奪おうとするだろうか。

しかも、闇討ちなどという卑劣な手段を講じるとは、武士の風上にも置けぬ。

考えれば考えるほど、怒りが込みあげてきた。

「うぽっぽどの、わしとて怒りを抑えきれぬ。合歓の花でも眺め、気持ちを落ちつかせねばなるまい」

夜のあいだは葉を閉じて眠っている。それゆえ、合歓と名付けられた花を眺めても、一人息子を危うい目に遭わせた父親の怒りはおさまるまい。

「松太郎は相手の正体に気づき、返しの一撃を見舞わずに逃げ帰ってきた。賢明な判断であったやもしれませぬ。永井家の家臣を返り討ちにしておれば、こちらも無事では済まなかったでしょうからな」

肝心な問いを発しかけ、勘兵衛は口を閉じる。

それと察した福山が、目に涙を溜めて言った。

「うぽっぽどの、ご案じめさるな。まんがいち、永井家からお誘いがあっても、仕官話はお断りする所存ゆえ」

残念だが、そうするよりほかになかろう。

すでに、父子で話しあい、方針は固まっているようだった。

「それがようございます」

と、おさなが口を挟む。

「おとっつぁんも、若先生の御身さえご無事なら、それで充分だと申しておりました」

「すまぬな、おぬしや父御にも心配を掛けた」

福山とともに、松太郎も頭を垂れる。

おさなは顔を朱に染め、下を向いてしまった。

「ともあれ、怪我が浅くてよかった。襲った相手が武衛館の連中だったかどうかは、こちらでも調べてみましょう」

「うぽっぽどの、そうしてもらえるとありがたい」

「おまかせを」

勘兵衛は立ちあがり、恐縮する父子に暇《いとま》を告げた。

三人に見送られ、道場の板の間から表口に向かう。

すると、門の向こうが、にわかに騒がしくなった。

「開門、開門」

誰かが叫び、門を乱暴に敲いている。

何やら尋常な騒ぎではない。

福山が先に立ち、凜然と応じた。

「門は開いておる。何かご用か」

表の様子がわかるや、勘兵衛は息を呑んだ。

門前には提灯がいくつも並び、捕り物装束の一団が殺気を放っている。

それでも、遠慮があるのか、門からこちらへは踏みこんでこない。

束ね役らしき月代侍が一歩前へ出てきた。

「永井家からまいった。当家徒頭の命により、福山松太郎どのにご同道願いたい」

福山は狼狽《うろた》えつつも、どうにか冷静さを装った。

「理由をお教えくだされ」

「一刻ほどまえ、当家徒組の宇津見兵庫が何者かに斬殺された。その場に居合わせた者の訴えから、福山松太郎どのに疑いが掛かっておる」

「何と……それは、何かのまちがいにござろう」

あまりの衝撃に、福山は声を絞りだすのがやっとだ。

黙っているわけにはいかず、勘兵衛が束ね役と対峙した。

「拙者は南町奉行所の廻り方、長尾勘兵衛と申します。福山松太郎どのは先刻、夜道で怪しげな三人組に襲われ、そのうちのひとりに左肩を斬られました。三人組は覆面を付けておりましたが、ひとりについては太刀筋から正体が判明してござります」

「仔細は藩邸にて伺う」

「そういうわけにはまいらぬ。福山松太郎どのは市井の人ゆえ、たとえ斬殺の疑いがあっても、貴藩の捕り方が得手勝手に縄を打つことはできぬ。貴藩の藩法で裁くおつもりなら、公儀を蔑《ないがし》ろにする所業となりましょう」

「捕縛するつもりでまいったわけではない。ただ、はなしを伺いたいだけだ」

「それにしては、扮装が大袈裟すぎやしませんか。罪人を搦《から》めとりにまいったとしかみえませぬが」

「おぬし、偉そうにご託を並べておるが、年格好から察するに、ただの臨時廻りであろう。おぬしごときの茶飲み話につきあっておる暇はない。出てこぬつもりなら、力尽《ちからず》くで引っ立てるまでのはなしじゃ」

　束ね役の剣幕に呼応し、後ろに控える連中が押しだしてくる。

「お待ちを。すでに支度は整ってござる」

　道場の暗がりから、上背のある松太郎が歩いてきた。

　堂々と胸を反らし、頬に笑みすら浮かべている。

「この福山松太郎、逃げも隠れもいたしませぬ」

　やましいことは露ほどもないので、吟味を受けても案ずることは何もない。

「長尾さま、それに父上も、ご心配にはおよびませぬ。吟味の場で正直に経緯をおはなしすれば、すぐにわかっていただけましょう。そちらの方々は、徒頭のお指図で来られたと仰いました。おそらく、亡くなられた宇津見兵庫どのの御父上がお命じになったに相違ない。そうであるならば、御父上とお目に掛かり、直々《じきじき》に申し開きをしたくおもいます」

　寡黙な松太郎が、よどみなく滔々と存念を述べた。

揺るぎそうにない意志の強さをみせつけられれば、勘兵衛も黙るしかない。

「うぽっぽどの、松太郎がああ申しておる。ここはひとつ、あやつの好きにさせてはもらえまいか」

福山にまで頭をさげられたら、うなずく以外になかった。

「ほんとうに、行ってしまうんですか……」

おさなはべそを掻き、わずかな抵抗をしめす。

「……それなら、これを」

お守り替わりなのか、陳皮の香りがする匂い袋を取りだし、松太郎の手に握らせた。

ああ、この娘は惚れているのだと、勘兵衛はおもった。

松太郎は微笑むと、背をみせて門の外へ出る。

永井家の連中に囲まれ、辻向こうへ遠ざかっていった。

これでよかったのか。

勘兵衛は自問自答するしかない。

やはり、行かせるべきではなかった。身を挺してでも阻むべきであったと思い知ったのは、一睡もできずに朝を迎えてからのことだ。

翌朝になると、松太郎は師範代殺しの下手人にされていた。

伝手《つて》をたどって藩の内情を調べても、それ以外にわかったことはなく、生死すらも定かではない。

勘兵衛は石を呑まされたような気持ちになった。

六

剣術指南役に推挙されるはずが、急転直下、藩士殺しの罪人にされた。

これ以上、理不尽なはなしもあるまい。

永井家からは何の音沙汰もなく、三日目の午後を迎えている。

灼熱の陽光が地べたを焦がすなか、福山松之助は加納藩上屋敷の門前で座り込みをつづけていた。

二日半のあいだ、飲まず食わずで炎天のもとに座っている。

道場で厳しい鍛錬を重ねてはきたものの、さすがに還暦を超えた身には辛かろう。時折、朦朧《もうろう》となって気を失いかけたが、息子が戻ってくるのを信じて、厳つい長屋門を睨みつけた。

一方、勘兵衛は鯉四郎や銀次にも手伝わせ、宇津見兵庫を斬った下手人の探索に奔走している。

宇津見が斬殺された場所は小伝馬町牢屋敷のそば、お玉が池の剣術道場へ出稽古に出掛けた松太郎が三人に襲われた辺りにも近い。凶事のあった刻限からしても、宇津見兵庫は松太郎を襲ったあと、浜町河岸にある永井家の上屋敷へ戻る途中で斬られたと考えてよかろう。

今のところ、凶事を目撃した者は出てきていない。

ただ、怪しいのは覆面を付けていたほかのふたりである。

ふたりは松太郎を襲い、峰打ちを食らった。そののち覚醒し、宇津見といっしょに帰路をたどったとするならば、宇津見を襲った相手に出会していたはずだ。途中で別れたのかもしれぬが、そうでないとすれば、刺客と刀を交えて斬られたか、逃れたことになろう。斬られてもおらず、逃げてもいないとすれば、ふたりが宇津見を斬ったという筋書きも否定はできない。

「ふうむ」

勘兵衛は考えこむ。

三人がたどったであろう足取りを追っていると、厳つい門を構えた道場らしき建物がみえてきた。

浜町堀に沿った西河岸の一角、高砂《たかさご》橋のそばである。

「武衛館か」

館長に会ってはなしを聞けば、何かわかるかもしれない。

勘兵衛は覚悟を決め、門を潜った。

「やっ、とりゃっ」

師範代が斬死したというのに、道場は門弟たちの活気に溢れている。

雪駄を脱いで板の間にあがっても、誰ひとり気づいた様子もない。

正面の壁には紙が貼られ、太い字で「常在戦場」と書いてあった。

なるほど、合戦場に紛れこんだ気分になる。

勘兵衛はさしずめ、走ることもままならぬ老兵であろう。

壁に設置された神棚の真下には、総髪総白髪の人物が立っていた。

「館長だな」

名は熊川《くまかわ》道馗《どうき》、事前に調べたところ、加納藩永井家の元剣術師範でもあった。

熊川だけが勘兵衛に鋭い一瞥を投げかけてくる。

怯《ひる》まずに近づいていくと、相手がさきにことばを発した。

「神聖な道場を穢《けが》す気か。不浄役人が何の用だ」

「これはどうも、申し訳ございませぬ」

横柄な態度の相手には、腰をできるだけ低くするにかぎる。

「ご無礼ながら、館長の熊川先生であられましょうか」

「いかにもそうだが」

「亡くなられた師範代のことで、是非ともお耳に入れたいはなしが」

勘兵衛は鎌を掛けようとおもった。手ぶらで帰るわけにはいかない。

「何じゃいったい」

「はい。じつは、師範代が斬られるところを目にした者がおりましてな。その者のはなしでは、お仲間らしき方がふたりいて、師範代は前後から挟まれるような恰好で歩いておられたそうです」

熊川は眸子を細め、黙ってはなしのさきを促す。

勘兵衛はわざと媚《こ》びたように笑い、即興でつくったはなしをつづけた。

「突如、前を歩くひとりが振り向き、刀を抜いたそうです。師範代は応戦しかけたが、後ろから別のひとりに斬りつけられた。後ろからの初太刀は躱したものの、前からの二太刀目は躱すことができなかった。その者は、さように申しております」

「おぬし、何が言いたい」

「つまり、師範代はお仲間とおぼしきふたりに斬られたのではないかと。もちろん、しがない臨時廻りの邪推にございますが」

　熊川は鬼の形相で睨めつけてくる。

「そのこと、誰かに喋ったか」

「いいえ、上役にも誰にも喋っておりませぬ」

「されば、何故、初対面のわしに打ちあけるのだ」

「熊川さまであれば、斬られた師範代といっしょに歩いていたふたりをご存じかとおもいましてな、できれば、その方らのお名を伺いたい。道場においでのようなら、こちらにお呼びいただいてもかまいませぬ」

「内々のことに、何故、不浄役人が口を突っこむ」

「町道場を営む者の子息に、師範代殺しの疑いが掛かっております。それが濡れ衣だと判明すれば、内々のはなしではなくなってくると、まあ、そういうことです」

「ふん」

　と、熊川は鼻を鳴らす。

「口の減らぬ老い耄れめ、おぬしの申すふたりを呼んでもよいが、血の気の多い連中でな、さきほどと同じはなしをするつもりなら、命の保証はできぬぞ」

「おや、それは脅しと受けとってよろしゅうござるか」

うっかり口を滑らせたと気づき、熊川は顔を曇らせる。

「ふん、どうとでも取るがよい。おぬし、名は」

「長尾勘兵衛と申します」

「南と北のどっちだ」

「南にござります。もしや、南町奉行所に誰かお知りあいでも」

「おらぬわけでもない」

「お顔が広くてあられる。されど、この老い耄れには、残念ながらいかなる脅しも通用いたしませぬ」

熊川は、ふうっと溜息を吐いた。

「おぬしのごとき腐れ役人を何人もみてきた。どうせ、小銭がほしいのであろう」

「小銭はいりませぬ。小金なら考えてみましょう」

減らず口をたたくのも勘定のうちだ。

「ふん、悪党め」

熊川は門弟たちに向きなおり、こちらをみようともしなくなった。

咄嗟に放った矢ではあったが、見事に的を射抜いたにちがいない。

証しは何ひとつないものの、長年の勘が「まちがいないぞ」と耳許で囁いている。

勘兵衛の推察したとおり、宇津見兵庫はふたりの仲間に斬られたのであろう。

熊川はおそらく、そのあたりの事情を知っているにちがいない。

いずれにしろ、相手に悪党とおもわせれば上出来、こちらの狙いどおりにはなしを進めることができるかもしれない。

勘兵衛はここが潮時と察し、一礼して踵を返す。

門から外へ出ると緊張が一気に解け、膝からくずおれそうになった。

どうにか持ちこたえ、河岸に沿って歩きだす。

「ちと、耄碌《もうろく》したかな」

からだはきつくとも、頭のほうは冴えていた。

熊川が動くとすれば、やり方はふたつにひとつ、金轡《かなぐつわ》を咬《か》まそうとするか、口を塞ごうとするかであろう。どっちにしろ、何らかの動きをみせてくれればしめたもの、師範代殺しの裏には調べられたくない事情が隠されていることになる。

浜町堀に沿って一町ほど進むと、加納藩上屋敷の海鼠塀がみえてきた。

勘兵衛は海鼠塀の手前で右手に折れ、同屋敷の正面へまわりこむ。

おもったとおり、福山松之助は門前に座りつづけていた。

六尺棒を携えた門番は、みてみぬふりをしている。

空からは容赦なく、灼熱の陽光が注いでいた。

地べたの砂を攫《さら》って吹きつける風は熱波である。

銀次に命じて何度も様子を窺わせ、水や食べ物を運んでも、福山が口をつけた気配はなかった。

乱れた鬢を靡かせたすがたは、もはや、修行僧である。

面壁九年のすえに手足を失った達磨《だるま》大師の逸話が思い起こされた。

無駄とは知りつつも、勘兵衛は身を寄せる。

「福山どの、ご子息はかならず救いだす。わしを信じて、そろそろ腰をあげてもらえまいか」

返事の代わりに、福山はわずかに笑みを漏らす。

漏らした途端、罅《ひび》割れた唇の端から血が流れた。

勘兵衛は屈み、水のはいった竹筒を取りだす。

手拭いを水で濡らし、福山の口許を拭いてやった。

「松太郎どののためにも、せめて水だけは呑んでほしい」

竹筒を膝の脇に置き、深々と頭をさげる。

それ以外には何もできなかった。

一人息子への濡れ衣が晴れぬかぎり、父親は頑として門前から動かぬはずだ。

理不尽にも息子を奪った者たちへ、無言の抗議をおこなうしかなかったのだろう。

今や、それは誰かへの抗議というよりも、ひとりの人間としての誇りを懸けた闘いへと変容しつつある。

おのれの命など、どうでもよいのだ。

遠くから眺めれば、渦巻く熱砂のただなかに超然と屹立《きつりつ》する屏風岩《びょうぶいわ》を想起させよう。

自分にはこれしかできぬとでも言わんばかりに、不器用な道場主は息子が解きはなちになるまで座りつづけるにちがいない。

勘兵衛は後ろ髪を引かれるおもいを抱え、その場から立ち去るしかなかった。

七

急がねばならない。

福山の命が尽きるまえに、殺しの真相をあきらかにせねばならなかった。

だが、相手は大名家だけに、やはりどう考えても、一介の臨時廻りには限界がある。

松太郎の無事を何としてでも確かめねばならぬし、たとえ無事でも、今のままでは藩法で処断される恐れがあった。

勘兵衛は意を決し、数寄屋橋御門内の南町奉行所へ向かった。

厳めしい長屋門を潜り、長い青板の甃を通って、檜の香りがする玄関へ足を踏みいれる。

平常は訪れぬところだけに、緊張で額に脂汗が浮かんできた。

当番の取次役に事情をはなし、鬼与力の異名をもつ吟味方与力への面会を求める。

玄関脇の待合部屋で待っていると、四半刻ほどして目当ての人物があらわれた。

門倉角《かどくらかく》左衛門《ざえもん》、与力のなかでは唯一、勘兵衛の力量を認め、意見にも耳を貸してくれる。

南町奉行の根岸肥前守に仕える用人であったが、極めて有能なので内与力から吟味方へまわされた。筋をまげぬ遣り手だけに奉行所内にも敵が多く、誰かに足を掬われてもまずいため、勘兵衛もできるだけ会わぬように心懸けていた。

されど、今度ばかりは力を借りねばならない。

「めずらしいな。長尾勘兵衛がみずから訪ねてくるとは」

門倉は上座に座るなり、仏頂面で問うてくる。

「で、わしに何の用だ」

「じつは、困ったことが」

勘兵衛は襟を正し、福山父子の窮状を順序立てて説いた。

門倉は仕舞いまで黙って聞き、それが考えるときの癖なのか、剃り残した顎の髭を抜きながら宙に眼差しを泳がせる。

「なるほど、厄介なはなしだな。その師範代殺し、いくつか筋は立てられよう。たとえば、永井家の内々で何らかの対立があり、師範代は敵対する勢力に葬られた。そのことを隠蔽するためには外の者に斬られた体《てい》を取らねばならず、福山松太郎に白羽の矢が立った」

「仕官を懸けた申し合いで、松太郎は師範代を負かしました。勝ってしまったがために因縁が生じた。そこに、つけこまれたのかもしれませぬ」

当初、仕官話に裏はなかったが、途中で事情が変わったのだ。

尋常な勝負だったはずなのに、宇津見兵庫は門弟たちのまえで恥を掻かされたと感じた。仕返しをするべきだと煽られ、その気になってしまった。ところが、それは死の淵へ誘う巧みな罠にほかならず、宇津見は助太刀を頼んだはずの連中に斬られた。

門倉は眉を寄せる。

「おぬしの筋読みが正しいとしても、それを証し立てするのは難しかろうな」

「狙いをつけた相手に餌を投げました。ただ、食いつく保証はありませぬ」

「わしに時を稼げと申すのか」

「厚かましいお願いではございますが、市井の者たちから頼りにされる道場主父子の生死がかかっております」

「市井の者たちから頼りにされるだと。ふん、弱いところを突きおって」

「父子を見殺しにしたとなれば、町奉行所の沽券《こけん》に関わるかもしれませぬ」

「わかっておるわ。されど相手は大名家、下手を打てば大事にならぬともかぎらぬ。御奉行から永井家のお殿さまに強意見《こわいけん》をお願いするにしても、ちと決め手に欠けるな」

勘兵衛にもわかっていた。永井家のなかで誰と誰が何故に対立しているのか、最低でもそのあたりの事情は把握しておかねばなるまい。

「対立する片方の側は、徒頭の宇津見五郎右衛門《ごろうえもん》ではないかとおもわれます」

「斬殺された師範代の父親か」

「いかにも。ただし、相手側はわかりませぬ」

「対立の原因についてはどうだ」

「回向院の高利貸しが妙なことを申しておりました。『永井家のなかに、美濃傘の売上を掠めとっている野郎がいる』と」

　さらに、掠めとっている者を秘かに始末するためには、身内以外の誰かにやらせなくてはならず、町道場を営む福山父子に白羽の矢が立った。それが裏の事情だとも言っていた。

「裏の事情か」

「はい」

「されど、やはり、証し立てができぬようなら、取引の材料にはできぬ」

今の段階で町奉行の根岸に上申するわけにはいかぬと、門倉は言いきる。

詮方あるまいと、勘兵衛はおもった。証しを摑んだら即応してもらえると信じているので、門倉の耳にはなしを入れておくだけでも大いに意味はあろう。

「わしのほうでも、できるだけ探ってはみよう。されど、目立った動きはできぬ。あくまでも、主役はおぬしだ。善良な道場主の父子を生かすも殺すも、おぬしの頑張り次第になろう」

「はっ、かしこまりました」

勇気を奮いたたせてもらい、勘兵衛は苦手な町奉行所から逃れた。

夕陽は大きく西にかたむき、長屋門の甍《いらか》を真紅に染めている。

門から外へ逃れると、すっぽんの銀次が待っていた。

「ご首尾はいかがです」

「何とも言えぬな。福山どのはどうしておる」

「門前から一歩も動きやせん。巌《いわ》になっちまったみてえで」

門前は公道ゆえ、永井家の連中も強引に動かすことはできない。本来なら町奉行所の役人がどうにかすべきところだが、腫れ物に触りたくないので、誰もが手を出しあぐねていた。

「ここは御奉行さまのご裁定を待つしかありやせん」

勘兵衛もそこに一縷《いちる》の望みを抱いている。門前に座り込む福山の行動は、衆目を集めつつある。それが根岸の耳にはいり、座り込みの理由があきらかになれば、永井家としても容易に松太郎を断罪できなくなるはずだ。

「ところで、悪くねえはなしもひとつ」

「聞かせてくれ」

「ひょっとすると、悪党の尻尾を摑んだかもしれやせん」

銀次は眸子を輝かす。

「本所の徳右衛門《とくえもん》町に、日待屋《ひまちや》寿一《じゅいち》っていう傘卸しがおりやしてね。こいつが永井家の御《ご》用達《ようたし》で、美濃傘を一手にあつかっておりやす」

ふたりは肩を並べ、八丁堀に向かって歩いていた。

だが、地蔵橋にほど近い屋敷には帰らず、霊岸島を横切って永代《えいたい》橋を渡り、竪《たて》川沿いの徳右衛門町をめざす。歩けばかなりの遠さだが、ふたりはまったく苦にもせず、どんどんさきへと進んでいった。

「こいつがどうも怪しい野郎で、半年前に永井さまの御用達になってから、日の出の勢いで蔵を増やしやがった。何が怪しいかと言いやすと、寿一っていう野郎は一年前まで富沢《とみざわ》町で古着を商っておりやした」

「古着屋の寿一か。おったな、そんな小悪党が」

「騙《かた》りの疑いで、しょっ引いたことがごぜえやす」

十年以上前のはなしだが、よくおぼえていた。上で束ねる悪党の名を吐かせ、それと引き換えに約束どおり、解きはなちにしてやったのだ。

勘兵衛は歩きながら考えこむ。

「騙りの小悪党が、傘屋をはじめてたったの半年で御用達になった。それだけでも怪しいな。銀次、永井家で寿一を引きあげたのは誰だ」

「春日頼母《かすがたのも》っていう勘定奉行でやす」

「勘定奉行か、そいつは大物だな」

「半年前、四十そこそこで勘定奉行になりやした。遣り手の出世頭にちげえねえ。しかも、徒頭の宇津見五郎右衛門とは犬猿の仲だそうで」

「なるほどな」

永井家における対立の構図がみえてきた。

すべては、日待屋寿一に聞けばわかることだ。

少なくとも、熟練の廻り方と岡っ引きの考えは一致している。

ならば、脳裏に描いた筋書きを信じ、寿一を巧みに取りこまねばなるまい。

勘兵衛には自信がある。戦国の世ならば、敵の調略を専らの役目にしていたかもしれぬ。

ふたりは北新堀河岸から広小路を突っ切り、長大な永代橋に差しかかった。

「銀次、日没だぜ」

「ほんとだ」

残光を集めた大川の水面《みなも》が、紅蓮《ぐれん》の炎に焼かれたようになる。

しばし役目を忘れて、絶景に見惚《みと》れてしまった。

されど、すぐさま、巌と化した福山のすがたが脳裏に浮かんでくる。

「銀次、急ごう」

「合点で」

ふたりは小走りで橋を渡りきり、川沿いの道を北へ向かった。

仙台堀を越えて小名木《おなぎ》川までやってくると、万年橋のたもとに小舟が繋がれている。

人待ち顔の船頭と目が合い、ふたりは土手を駆け降りていった。

小舟を使えば、少しは早くたどりつけるであろう。

わずかでも時が惜しい。

小名木川を東へ漕ぎすすみ、新高橋を越えて左手の大横川へ、さらに北へ進んで南辻橋を越えれば竪川に行きあたる。

勘兵衛は船首に立ち、吹きつける川風に身を委ねた。

八

南辻橋の舟寄せから陸にあがり、竪川沿いに歩いて本所徳右衛門町の『日待屋』へたどりついた。

暮れなずむ町には陽気が残り、少し動けば汗が滲んでくる。

表戸は開いていたので、勘兵衛と銀次は敷居をまたいだ。

「ちょいと邪魔するぜ」

帳場格子の向こうから、小太りの男が顔を出す。

主人の寿一であろう。

そういえばあんな顔だったなと、勘兵衛は十年以上前の記憶を甦らせた。

「おいでなされまし」

寿一は素知らぬ顔で身を寄せ、上がり端に正座する。

銀次が声を掛けた。

「古着屋の小悪党が、今は大名家の御用達か。ずいぶん出世したもんだぜ」

寿一は片眉を吊りあげる。

「すっぽんの親分ですか、お懐かしゅうございます」

「本所に逃げこめば、顔を合わせずに済むとでもおもったか」

「別に、そんなつもりはありませんよ」

「まあ、いいさ。こちらの旦那にも、お世話になったはずだぜ」

「その節はどうも、ご無沙汰しております、うぽっぽの旦那」

「おぼえていたか。それなら、はなしは早《はえ》え」

勘兵衛は上がり端に近づき、大儀そうに尻をおろす。

奉公人は帰したあとなのか、ほかに人気はない。

「それにしても、おめえが御用達とはな」

勘兵衛が繰りかえすと、寿一は頭を掻いた。

「改心したんですよ。今はまっとうな商いをしております」

「御用達になったのは、今から半年前だってな。それまで、おめえは傘のかの字もあつかったことがなかった。それがいきなり三万石の御用達になるってのは、どう考えてもおかしかねえか。いってえ何があった。正直に喋れば、悪いようにゃしねえ」

　寿一は口をへの字に曲げる。

「運がよかっただけで、何ひとつ悪いことはしておりませんよ」

「おめえを引きあげたのは、出世頭の勘定奉行なんだろう」

「よくお調べで。ええ、そうですよ。春日さまと仰いましてね、人伝《ひとづて》に金襴緞子《きんらんどんす》の小袖をお探しだと聞いたもので、手前が調達してさしあげたんです」

「金襴緞子の小袖が縁を結んだとでも」

「ここだけのはなし、小袖は廓《くるわ》の花魁《おいらん》が欲しがったものでして、春日さまはどうしてもその花魁の気を惹きたかったそうです」

　春日頼母は養子で、内儀に頭があがらない。廓通いがばれたら離縁状を書かされるかもしれぬと、恐れていた。

「手前はおもいがけず、春日さまの秘密を握っちまった。それをきっかけに何かとお引き立ていただきましてね、春日さまが勘定奉行にご出世なさったのを機に、手前も御用達に

2024
2
中公文庫 新刊案内

旗本出世双六㈠

二百二十五石の小旗本で
無役の小普請組・
北条志真佑は、
西丸書院番に登用される。
十一代将軍徳川家斉の
世子・家慶の力に
ならんと
張り切っていたが……。

振り出し

書き下ろし

上田秀人

●770円

紅《くれない》の墓標
オッドアイ
渡辺裕之

佐世保から米海軍の最高機密が漏洩？　極秘捜査を始めた「特別強行捜査局」の前に、朝倉と瓜二つの中国工作員の影が――。人気警察小説シリーズ第九弾！

●814円

お山の上のレストラン
七歳児参りのふっくらムニエル
髙森美由紀

イケメンシェフの登磨と、へっぽこ従業員・美玖がお届け！　青森のご当地食材がじゅわっと染み入る、絶品＆感動のお料理小説。『山の上のランチタイム』改題。

●814円

ばあさんは15歳
阿川佐和子

おちゃめな孫娘と頑固ばあさんが昭和にタイムスリップ！　時はオリンピック前年。東京タワーから始まる二人の冒険の行方は？　愉快爽快。笑いと涙の物語。

●902円

今月の新刊

もぐら0
影野竜司

矢月秀作

精悍な眼差し、野生の獣さながらの肉体。その男の名は、影野竜司。竜司、楢山、宇田桐、三人の運命の出会いが語られるエピソード0！

●792円

うぽっぽ同心終活指南（二）
夫婦《めおと》小僧

坂岡 真

とんでもねえ連中の尻尾を摑んだ――。妙な伝言を残して姿を消した、義理堅い盗人の行方をうぽっぽが追う！ 待望のシリーズ新章第二弾。

書き下ろし

●770円

中央公論新社 https://www.chuko.co.jp/
〒100-8152 東京都千代田区大手町1-7-1 ☎03-5299-1730（販売）
◎表示価格は消費税（10%）を含みます。◎本紙の内容は変更になる場合があります。

していただいた。と、まあ、そんなはなしでございます」

「老舗《しにせ》でもねえ商人が御用達になれんのか」

「それがなれるのですよ。この日待屋というのが、そもそも傘卸しの老舗でしてね、手前は春日さまのご紹介で入婿になりました。老いた先代は楽隠居し、痘痕《あばた》面の嫁は先代の世話を焼いております」

どうやら、婿の来てのなかった娘と縁を結んだらしい。

「ふうん、上手くやりやがったな。さすが、騙りの寿一だぜ」

銀次の台詞にかちんときたのか、寿一は鋭い一瞥をくれた。

勘兵衛は、さらりと話題を変える。

「御用達なら、永井家の内情にゃ詳しいはずだ。武衛館の師範代が斬られたのは知ってんな」

「ええ、伺いました。悲惨なはなしに、震えあがりましたよ」

「誰に斬られたか、心当たりはねえか」

「心当たりなど、どうしてござりましょう」

「そいつは嘘だな」

確信を込めて言うと、寿一は目を丸くする。

勘兵衛はたたみかけた。

「斬られた宇津見兵庫の父親と、おめえを御用達にした勘定奉行の春日は、家臣の誰もが知るとおり、犬猿の仲だ。敵対する相手の息子が斬られたとなれば、当然、春日の一派が疑いの目でみられる。おめえも春日の提灯持ちなら、斬った野郎に心当たりがねえわけがねえ。だから、嘘を吐いたと言ったのさ」

「宇津見兵庫さまを斬った下手人は、すでに捕まったと聞いております。それゆえ、余計な勘ぐりはすまいと、心当たりはないと申しあげたまでで」

「のらりくらりと言い訳しやがって。おれが知りてえのは、濡れ衣をかけられた福山松太郎のことだ。無事なのかどうか、まずはそいつを知りてえ」

「手前に聞かれても困ります」

「おめえ、松太郎の素姓は知ってんな。惚《とぼ》けたら容赦しねえぞ」

「勘弁してください。たしか、道場主の一人息子でしたよね」

「ああ、そうだ。宇津見兵庫と申し合いをして、勝てば剣術指南役にというはなしだった。どっちが勝ったか、知っているよな」

ぐっと睨みつけると、寿一は黙って下を向く。

「そうだ。おめえは何だって知っている。宇津見兵庫は負けた恨みを晴らすべく、福山松太郎を闇討ちにしかけた。ところが、失敗《しくじ》ったあげく、自分が闇討ちに遭って命を落とした。宇津見兵庫を斬ったのは、松太郎を襲った助っ人のやつらだ。ふたりいた。まずは、そいつらの名を教えてくれ」

「ちょ……ちょっと待ってください。うぽっぽの旦那、手前が知るわけないじゃありませんか」

慌てふためく寿一を、勘兵衛は冷めた目でみつめる。

「そうかい。素直に吐けば大目にみてやってもよかったが、どうやら、おめえは好機を逃しちまったらしい。春日頼母は泥船だぜ。遅かれ早かれ、水底に沈む運命だ。おめえもいっしょに沈む気なら、おれはいっこうにかまわねえ。あばよ、寿一」

すっと尻を持ちあげ、勘兵衛は去りかけた。

「お待ちを」

期待していたとおり、背中に声が掛かる。

「何か、おもいだしたか」

振りむかずに応じると、寿一は早口で言った。

「遠藤克美《えんどうかつみ》と野口琢磨《のぐちたくま》。宇津見兵庫さまとつるんでいたのは、たぶん、そのふたりでございます」

「遠藤と野口に指図したのは誰だ。こたえたくねえなら、返事をするな。そいつは館長の熊川道馗だな」

　返事はない。熊川なのだろう。

「熊川は勘定奉行の春日と裏で通じている。あいつは金を払えば何でもする狂犬だ。ちがうか」

　やはり、返事はない。勘兵衛の筋読みは正鵠《せいこく》を射ているようだ。

「よし、これが最後の問いだ。心して聞け、肝心な問いだからな」

　うなずく気配があった。すでに、傘屋は術中に嵌《は》まっている。

　勘兵衛はあくまでも、振りむかずに問うた。

「どうして、宇津見兵庫は殺められたのか。その理由は、おめえの商売とも関わってくる。美濃傘は永井家の金蔵を支える柱のひとつだ。そいつを差配するはずの勘定奉行が収益の一部を掠めていた。対立する徒頭の宇津見五郎右衛門が不正を嗅ぎつけ、息子の兵庫に真偽を探らせた。腹のなかを探られたくねえ勘定奉行の一派が、兵庫殺しを仕組んだってわけさ」

　勘兵衛は振りむいた。

　寿一の顔は蒼醒めている。

「どうだ、おれの描いた筋書きは。まちがっていたら、直してもらってもかまわねえんだぜ」

寿一は首を横に振る。

「旦那はむかしっから変わってねえ。読み筋は確かだし、狙った獲物は外さねえおひとだった。旦那が敷居を踏みこえてきたとき、年貢の納め時だって悟りやしたよ。仰るとおり、あっしは悪事の片棒を担がされた。そいつを条件に御用達になったんだ。傘を売った儲けの一部は月に一度、春日さまの御屋敷へお持ちする段取りになっておりやす。そいつをごまかすために、帳簿もごまかしやした」

「なるほど、帳簿の改竄《かいざん》か。おめえなら、朝飯前だろうな」

「でも旦那、あっしは殺しにゃ関わってねえ。じつは、熊川道櫨のやつに言われたんです。長尾勘兵衛とかいう臨時廻りが訪ねてきたら、小金でも渡しておけとね。空返事をしておきやしたが、熊川は長尾勘兵衛っていう十手持ちの恐さを少しもわかっちゃいなかった。説いてもはじまらねえとおもいやしてね、どうやって逃げだそうか、思案していたやさきだったんでさあ」

「裏帳簿はあんのか」

「ござんすよ。町道場の一人息子は、今も牢に繋がれておりやしょう。助けたけりゃ、そいつが役に立つかもしれやせん」

寿一は立ちあがり、帳場から冊子をひとつ携えてくる。

「旦那にお預けしやすよ」

差しだされた裏帳簿を、銀次が受けとって寄こした。

「よくぞ、その気になったな」

「むかしも助けていただきやした。正直に喋れば、うぽっぽの旦那は見逃してくれる。そう、信じておりやすから」

「ふん、おめえはとんでもねえ小悪党だぜ」

「褒められた気がしやせんや。でも旦那、勘定奉行の春日頼母は頭の切れる野郎です。正面からぶつかっても、はぐらかされるだけでやすよ」

「ああ、そうだろうな」

一戦交えるには仕掛けが要る。失敗りは許されない。

「寿一、ありがとうよ」

勘兵衛は素直に礼を言い、小悪党に背を向けた。

寿一は秘かに店をたたみ、今晩じゅうに町を出るにちがいない。

旅支度を整える暇くらいは与えてやろう。

勘兵衛は裏帳簿を懐中にねじこんだ。

九

真相の核心に迫っている。

入手した裏帳簿を使って、勘定奉行の不正を暴くことができるかもしれない。

ただし、あくまでもそれは加納藩内の揉め事にほかならず、町奉行所が口出しする筋のものではなかった。

何より優先すべきは、松太郎の身柄を無事に取りもどすことだ。

そのために裏帳簿を使うことに、何ひとつ躊躇いはなかった。

ただ、勘兵衛はまんがいちのことを考え、門倉のもとを訪ねた。

暗くなってから八丁堀の自邸を訪ねるのは、記憶にあるかぎり、おそらくは初めてのことだろう。

門倉は嫌な顔もせず、客間に導いてくれた。

内儀には何度か会っていたが、いつも笑みを絶やさぬふくよかなおなごだった。

その内儀が気を遣い、酒膳を運んできてくれた。

「さあ、注いでやろう」

「申し訳ございませぬ」

勘兵衛は盃を両手で持ち、恐縮しながら酒を呑む。

膳には刺鯖《さしさば》や茄子の丸煮などが並んでいたが、絶品なのは谷中の葉付生姜《しょうが》であろう。

「夏はこれにかぎる」

門倉は奉行所での顔とはちがい、くだけた調子で笑いかけてくる。

勘兵衛も笑顔で応じ、懐中から裏帳簿を取りだした。

「さっそくではございますが、永井家勘定奉行の横領をしめす証しを手に入れました」

「早いな」

門倉は裏帳簿を手に取り、ぱらぱら捲《めく》る。

勘兵衛はつづけた。

「無論、町奉行所の捕り方にとっては無用のものにございます」

「そうだな。これを使って誰かを裁けば、永井家の面目は丸潰れになろう。されど、使い方によっては、ご当主の襟を正させることになるやもしれぬ」

「ご当主とは、永井出羽守《でわのかみ》さまのことでございますな」

「齢三十にして、次期奏者番《そうじゃばん》と目されておられる。名君との誉れも高いご当主にしてみれば、勘定奉行の不正は手痛い疵《きず》となろう。されど、怪しげな商人の手になる裏帳簿ひとつで、不正を暴くことができるかどうか。まんがいちにも失敗れば、その旨を秘かに伝えた側が罪に問われよう」

伝えることができるのは、町奉行の根岸肥前守だけだ。

「のう、おぬしもわかっておるとおもうが、それだけの危険を冒すことはできぬ。よって、裏帳簿はみなかったことにするしかあるまい」

門倉は裏帳簿を畳に滑らせる。

「ごもっともにございます」

勘兵衛は両手を畳につき、裏帳簿を拾いあげた。

最初から、こうなることはわかっていたのだ。

ただし、門倉なら、いざとなればどうにかしてくれるという期待もあった。

「期待しても無駄だぞ」

「承知してござります」

門倉は渋い顔で盃を嘗め、喉仏を上下させる。

「不正のことは調べられなんだが、道場主のことはわかったぞ」

「福山松之助どののことにございますか」

「さよう、十二年前は歴《れっき》とした御旗本でな、千代田の御城で納戸役《なんどやく》の組頭をつとめておられた」

内儀は上役の娘御だったらしく、それなりに将来を嘱望されていたらしい。ところがあるとき、義父でもある上役に公金横領の疑いが掛けられた。即刻、上役は御役を解かれ、福山も連座する恰好で御城を去らねばならなかった。そののち、公金横領の罪はうやむやになり、出世をやっかむ者の仕業だったのではないかと臆測されたが、真実はあきらかにならなかった。

一連の騒ぎで心労が重なり、義父と内儀は亡くなった。浪人になった福山は八つの松太郎を抱え、食うための方策を考えねばならず、親しくしていた者たちに請われて町道場を開いたのである。

「そのあたりの経緯は、本人に聞いておらぬのか」

「福山どのはいっさい喋りませぬ。そういうお方なのです」

「なるほどな」

福山の亡くなった内儀の実家は、永井家の出入旗本であったという。そうした関わりもあって、傘張りの内職を得ることができたのだろうと、門倉は悲しげな顔で言い添えた。

「福山どのは、永井屋敷の門前に座り込んでおられるようだな」

「今宵で丸三日になります」

「そっちが気になって、箸がすすまぬのか」

「仰せのとおりにござります」

「この暑さだ。もはや、限界であろう」

「無理にでも止めさせねばなりませぬ」

「今から向かうのか」

「はい」

迷いが消えると、居ても立ってもいられなくなった。

「行くがよい。鬼退治は、誇り高き道場主を助けたあとでもよかろう」

「はっ」

力強い台詞に送りだされ、勘兵衛は暗い路地裏を駆けていった。

荒い息を吐きながら浜町河岸へやってきたが、永井屋敷の門前に福山はいない。

待っていたのは、おさなという香煎屋の娘だった。

蒼白な顔で駆けてくる。

「うぽっぽの旦那、福山さまが倒れてしまって、たった今、みなさんで仁徳先生のところへ運んでいかれました」

「わかった。おぬしはどうしてここにおる」

「御父上の代わりに、座り込みを」

「莫迦なことを言うな」

「でも、誰かが松太郎さまをお迎えせねば」

「案ずるな。わしがかならず助けてやる。おぬしは福山どののそばにいて、懸命に励ましてやるのだ。それこそ、松太郎が望んでおることであろう。わかったな」

「はい」

項垂れるおさなの肩を抱え、勘兵衛は歩きだす。

途中で振り返ってはみたが、長屋門は頑なに閉じたままだ。

八丁堀の屋敷へ戻ってみると、福山は寝所に寝かされていた。

「干《ひ》涸《か》らびた煮干しじゃ」

仁徳が皮肉を漏らす。

「この暑さのなか、丸三日も放っておかれたら、こうなるわい」

無理にでも止めておけばよかったと悔やみつつ、勘兵衛は吐きすてた。

「容態は」

「死にゃせんだろう」

それでも、快復までには何日か掛かるらしい。

何としてでも、快復するまでに松太郎を救ってやらねばならぬ。

「銀次、頼みがある」

勘兵衛は頭に浮かんだ仕掛けを説き、武衛館の館長宛てに文をしたためた。

文面に目を通した銀次は、ぶるっと武者震いしてみせる。

「こいつはまるで、果たし状でやすね」

「そうかもな」

文にはまず、場所と刻限が記されている。

さらに、こちらは裏帳簿、向こうは松太郎の身柄を持ちより、真剣勝負で勝ったほうが両方を手にできるという条件を付けた。

「小悪党の寿一を逃がすのに、半日はみねえとな。明日になったら、武衛館に届けてくれ」

「承知しやした」

銀次は文を懐中に入れ、そそくさといなくなる。

仁徳は部屋に戻り、鯉四郎と綾乃は家に戻った。

寝所には香煎屋の娘だけが残り、福山を団扇《うちわ》でそっと扇《あお》ぐ。

「おさな、帰えらなくていいのか」

「いいんです。おとっつぁんも、何かの役に立ってやれと申しました」

「偉いな。でも、少しは眠らなくちゃだめだぜ」

「大丈夫です」

気丈に応じつつも、しばらくすると、おさなは居眠りしはじめる。

勘兵衛は肩にそっと羽織を掛けてやり、代わって枕元に屈みこむ。

唐突に、福山の右手が伸びてきた。

「うっ」

袖を摑まれ、たじろいでしまう。

福山は薄目を開け、罅割れた唇を動かした。

耳を近づけると、聞き取れぬほどの声で囁く。

「……む、息子を……た、頼みまする」

「任せてくれ」

骨張った手をきつく握ると、福山は安堵したかのように目を瞑った。

十

約束の刻限までは、まだ半刻ほどある。

勘兵衛はどうしたわけか築地に足を向け、杏《あんず》色の夕陽を背にして采女ヶ原へ踏みこんでいった。

「あのとき以来か」

先月六日の夕暮れ、あとを尾けてきた得体の知れない網笠侍を誘いこみ、一手交えたあげく、左腕に浅傷を負った。

采女ヶ原には紫の靫草が咲いていたのだ。

今や、靫草はすっかり枯れ、野面に点々と黒い斑《まだら》模様をかたちづくっている。

「夏枯草《かこそう》とは、よう言うたものよ」

杉林のそばには、馬頭観音の石仏が立っていた。

あいかわらず、紅白の饅頭が供物に捧げられている。

あの日、金瘡を負って歩くこともままならず、勘兵衛は石仏に凭れて気を失った。

供物を捧げに通う土産物屋の女将に助けてもらわねば、冷たくなっていたかもしれない。

生死の間境《まざかい》に、馬頭観音は立っている。

勘兵衛は頭を垂れ、松太郎を無事に戻してほしいと祈った。

ここに来ればかならずや、祈りが通じるような気がしたのだ。

やがて、野面は真紅の毛氈を敷いたようになり、赫奕《かくえき》とした残照が勘兵衛を朱に染めあげた。

夏枯草も燃えている。

枯れてしまっても、意地になって野面に立ちつづけるしかないのだ。

「あの枯れ草、福山松之助みてえだな」

そして、自分のようでもあると、勘兵衛はおもった。

「年なんぞ関わりねえ」

気持ち次第で、たいていのことはどうにでもなる。

松太郎が助かるなら、この身はどうなってもいい。

「命懸けで誰かを救うってのは、そういうことじゃねえのか」

みずからを奮いたたせ、勘兵衛は来た道をどんどん戻っていった。

霊岸島を横切って湊《みなと》橋を渡り、箱崎町をまっすぐ進んで永久橋を渡ると、対岸に鯉四郎と銀次が待っていた。

「頼りになる連中だぜ」

迷惑を掛けてすまぬと、胸中につぶやく。

やはり、今度のことは廻り方の範疇を超えていた。

失敗ったら命を落とすかもしれぬのに、毛ほども失敗るとはおもっていない。

頼り甲斐のあるふたりを両脇に従え、勘兵衛は颯爽《さっそう》と歩きだす。

浜町堀に沿って高砂橋のほうへ向かうと、低い空にわずかに欠けた月がみえた。

「提灯はいらねえな」

勘兵衛は立ち止まり、後ろのふたりに笑いかける。

土手には生温い風が吹いていた。

枯れ草の匂いを嗅ぎながら、三人は武衛館の門前へやってきた。

ここからさきへは、鯉四郎とふたりで踏みこむ。

まんがいちに備え、銀次には大事な役割を課していた。

「やっぱり、鯉四郎さまと代わっちゃもらえやせんか」

「そうしてやりてえのは山々だが、さすがに年寄りふたりじゃ荷が重い。そこんところをわかってくれ」

「かしこまりやした。ご武運を。まんがいちのときは、かならずお助けいたしやす」

「ああ、頼む」

銀次は深々と頭をさげる。

勘兵衛と鯉四郎は、意を決して門を潜った。

道場の表口は開いており、がらんとした板の間は薄暗い。

天井に近い明かり取りから、月影が射しこんでいるだけだ。

ただし、人の気配はある。それも、ひとりやふたりではない。

耳を澄ませば、十人近い者たちの鼓動が聞こえてくる。

「鯉四郎、抜かるなよ」

「承知」

突如、正面の左右に龕灯《がんどう》が点《とも》った。

「それっ」

誰かの合図で、ふたりは四方を囲まれる。

武衛館の門弟たちであろう。数は十を超えていた。

――常在戦場。

大書された紙の下に、総髪総白髪の熊川道馗が立っている。

「不浄役人め、よう来たな」

「勘違いするな、誘ったのはこっちだ」

勘兵衛が応じると、熊川は肩を揺すって嗤う。

「文字どおり、おぬしらは嚢中《のうちゅう》の鼠《ねずみ》じゃ。わしの道場から生きて帰れるとおもうなよ」

「能書きはけっこう。福山松太郎を渡してもらおう」

「裏帳簿がさきだ。もっとも、力尽くで奪ってもよいがな。ふはは、どうする。素直に渡せば、生きて帰れるかもしれぬぞ」

勘兵衛は首をかしげる。

「松太郎は連れてきたのか」

「連れてくるわけがなかろう」

「ふん、約定を破ったわけだな。それなら、こっちも遠慮なく暴れさせてもらう」

「小癪《こしゃく》な」

「真剣で立ちあうまえに、ひとつだけ教えてくれ。師範代を斬ったのは誰だ。このなかにおるのであろう」

「龕灯を持ったふたりさ」

「野口琢磨と遠藤克美か」

「わかっておるではないか。力量は宇津見とさして変わらぬ。手強いぞ。おぬしのごとき老い耄れでは歯が立つまい」

「やってみなければわからぬさ」

「ならば、死ね」

鋭い台詞に反応し、門弟たちが一斉に本身を抜きはなつ。

後ろに控える鯉四郎も本身を抜き、勘兵衛は十手を握った。

「すりゃ……っ」

やにわに、ひとり目が袈裟懸けに斬りつけてくる。

勘兵衛はひらりと躱し、相手の首筋を十手で叩いた。

後ろからも金音が聞こえてくる。

——ばすっ、ばすっ。

鯉四郎は瞬きの間に、ふたりを峰打ちに仕留めた。

勘兵衛と鯉四郎の動きは水際だっている。

門弟たちは瞬く間に数を減らし、熊川と龕灯を持ったふたりだけが残った。

「ぬおっ」

鯉四郎が左手のひとりに斬りかかり、胴打ちで見事に昏倒させた。

勘兵衛も負けてはおらず、右手のひとりと対峙する。

だが、やにわに鋭い突きを食らい、尻餅《しりもち》をついてしまった。

危ういとおもったところへ、横から鯉四郎が躍りこみ、振りむいた相手の面を割ってみせた。

「すまぬな、鯉四郎」

勘兵衛は立ちあがり、ひとり残った熊川に対峙する。

「ふふ、無理をせんほうがよいぞ」

熊川は余裕の笑みを浮かべ、長尺刀を抜きはなった。

するすると間合いを詰め、大上段に刀を振りあげる。

「うりゃ……っ」

鋭い気合いとともに、頭蓋を狙って斬りおろしてきた。

ひょいと躱した途端、刃風が鬢を震わせる。

と同時に、勘兵衛は左手で脇差を抜いた。

至近から投擲《とうてき》する。

「ぬおっ」

熊川は首を振って避けた。

その刹那を狙い、勘兵衛は足許へ滑りこむ。

「やっ」

気合一声、十手で片方の脛《すね》を砕いてやった。

熊川はたまらず、板の間のうえを転げまわる。

すかさず鯉四郎が追いかけ、後ろ手にして早縄を打った。

野口と遠藤にも縄を打つと、怪我をしたほかの連中は抗うのを止めた。

ところがである。

予期せぬことが起こった。

「わあああ」

大勢の捕り方が雄叫びをあげ、表口から雪崩《なだ》れこんできた。

道場は無数の龕灯に照らされ、目も開けていられぬほどになる。

奥の部屋から、偉そうな陣笠侍が登場した。

どうしたわけか、陳皮の香りを放っている。

おさなの匂い袋にちがいない。

お守り替わりにと松太郎に手渡した匂い袋の香りが、陣笠侍の胸もとから漂ってくるのだ。

「神妙にいたせ」

陣笠侍は声を張った。

「この道場はわが加納藩の領内も同然ゆえ、勝手に侵入した者は賊とみなし、藩法によって裁かねばならぬ」

「おぬしは誰だ」

勘兵衛の問いに、陣笠侍はぐいっと胸を反らす。

「永井家勘定奉行、春日頼母である」

春日の後ろから、小太りの商人が近づいてきた。

何と、傘屋に婿入りした小悪党の寿一にほかならない。

「おめえ、夜逃げしたんじゃなかったのか」

「うぽっぽの旦那、すまねえ。むかしとは稼ぎがちがいすぎる。おいそれと捨てるわけにゃいかねえんだ」

「ふん、おめえを信じたおれが莫迦だったぜ」

「裏帳簿は本物でさあ。そいつを返えして、おとなしくしといていただけりゃ、手荒なまねはいたしやせん」

「ほう、偉そうに仕切りやがる。おれたちを解きはなったら、あとで後悔するぜ」

「後悔しねえように、証文を用意しやした。そいつにゃ、旦那方が日待屋の儲けから利を得ていたってことが記されている。名前と手形を捺していただけりゃ、毎月、きちんと小銭もお支払いいたしやすよ」

「金轡を嵌める気か。さすが、騙りの寿一だぜ、抜け目がねえな。でもよ、おれたちはそんなやわじゃねえ。縄を打ちたけりゃ、打ちゃいいさ。ほれ、おめえの親玉にそう伝えろ」

春日がうなずく。

「老い耄れにしては潔いな」

勘兵衛は睨みつけた。

「ひとつだけ教えてくれ。おめえさんはどうして、陳皮の匂い袋を持ってんだ」

「戦利品じゃ」

「何だって」

「町道場の若造は死んだ。わしがみずから裁き、斬首にしてやったのだ。おかげで師範代殺しの真相は藪の中、家中にわしを疑う者はひとりもおらぬ。ふふ、おぬしらも若造と同じ運命じゃ。覚悟しておけ」

嘘だなと、勘兵衛はおもった。

戦意を挫くための嘘にきまっている。

「それっ、縄を打て」

春日の合図に呼応し、藩士たちが殺到した。

後ろから蹴倒され、勘兵衛は板の間に倒れこむ。

「くそっ……」

やはり、小悪党を信じたのがまちがいだった。

悪夢なら早く覚めてほしいと、心の底から願うしかなかった。

十一

翌夕、勘兵衛と鯉四郎は惨めなすがたで裁きの場に座らされた。

昨夜からずっと、悪夢のつづきをみている気分だ。

武衛館から目隠しをされたまま舟に乗り、何処かの屋敷へ連れてこられた。

途中で大川を渡ったのは気づいていた。おそらく、連れこまれたさきは永代寺裏手の十五間川沿いにある下屋敷ではないかと推測された。

同じく縄を打たれた鯉四郎とは別々にさせられ、裁きの場でようやくいっしょになった。とりあえずは生きていたので安堵したが、狐に摘まれたような心境から脱しきれていない。

勘兵衛は後ろ手に縛られ、地べたに敷かれた筵に座っている。

みあげるさきには広縁があり、裁きを司る者の部屋がつづいていた。

白洲《しらす》なのであろうか。

裃《かみしも》姿で上座に座る人物は、怒りのせいで眉尻を吊りあげている。

加納藩永井家の徒頭、宇津見五郎右衛門であった。

斬殺された宇津見兵庫の実父にほかならない。

兵庫暗殺の黒幕とおぼしき勘定奉行の春日頼母は、目付衆に交じって上座の右横に控えていた。

罪人を裁くのは奉行衆の役目ゆえ、本来は春日が上座に座るべきところであろうが、どうやら、実子殺しを裁かせてほしいと父親に頼まれたらしかった。寛大なところをみせれば、みずからの描いた筋書きどおりに事が運ぶとでもおもったのか。策士の勘定奉行がおもいつきそうなことだ。

それにしても、大名家の者が公儀から十手を預る同心を勝手に裁くことなどできるのだろうか。

表沙汰になれば、裁いた側が罪に問われよう。重臣に裁きを許した当主の資質も問われかねない。そんなことは赤子でもわかるはずなのに、裁きはあたりまえのように進んでいく。

　宇津見五郎右衛門の太い声が腹に響いてきた。

「南町奉行所臨時廻り、長尾勘兵衛。調べ帳によれば、おぬしは当家御用達の日待屋寿一を脅して美濃傘のあがりを掠めとり、一方ではおのれの悪事を秘匿せしめるべく、浪人の福山松太郎に金を渡して当家徒組の宇津見兵庫を斬殺させたとある。これに相違ないか」

　驚いた。巧みにはなしの筋が書き換えられている。

　相違あると言えば、耳をかたむけてくれるのだろうか。

　ためしに、勘兵衛は発言しかけた。

「恐れながら……」

　すかさず、春日が横から口を挟む。

「たった今、宇津見どのが読みあげた内容は、御用達である日待屋の口書をもとに吟味方数名で作成したものにござる。日待屋寿一はお咎め無しとの条件で真実を語っておるゆえ、長尾勘兵衛の罪状は動かしがたいと断じる以外にない。罪人のいかなる言い訳も当家の白洲では通用せぬ」

　強引な言いまわしだが、上座の宇津見はうなずいた。

さらに、春日の発言はつづき、宇津見の子息が斬死を遂げた経緯に焦点が移されていく。

「調べ帳の後段にもあるとおり、長尾勘兵衛は福山松太郎に命じて、武衛館の道場荒らしをやらせた。同館師範代の宇津見兵庫との申し合いで勝利することを条件に、当家剣術指南役に推挙される好機を得たのでござる。すべては悪事の核心に迫っていた宇津見兵庫に近づくための方便にすぎず、申し合いについても太刀筋を見極めんがためのものであった。福山松太郎は準備万端整えたうえで凶事におよんだが、闇討ちの詳しい経過は、当家家中の野口琢磨、遠藤克美の両名より詳しい証言を得ておる。宇津見どの、ご子息のことはまことに残念にござった。それがしとて、悲しみで胸が裂かれんほどのおもいにござる」

春日は滔々と話したあげく、芝居じみた仕種で情に訴える。

「悲しいながらも、ご子息には感謝せねばなるまい。のう、いかがであろう。こたびのことを機に、日頃の恨みを水に流すことはできまいか」

情に流されやすい性分なのか、宇津見は冷静さを失っていた。

「春日どの、そこもとの申すとおりかもしれぬ。考えてみれば、瑣末《さまつ》なことの積みかさねが恨みへと繋がっただけのこと。すべてを水に流すことができれば、兵庫も浮かばれよう」

春日は目頭を押さえながら、うんうんとうなずいてみせる。

勘兵衛は抗う気力を失ってしまった。

おそらく、宇津見にはどのような言い訳も通用すまい。

永井家では、結審すれば裁いた者の判断でいつでも罪人を処刑できるという。

事と次第によっては、この場で首を斬られてもおかしくはなかろう。

「されば、両名に沙汰を申しつける」

宇津見はあらかじめ用意されていた紙を開き、作法どおりに読みあげようとした。

すると、長い廊下の端が何やら騒がしくなり、長裃を纏った白い眉の老臣が転ばんほどの勢いであらわれた。

「あっ」

宇津見も春日も、その場にいる藩士たちも、全員が驚きの声をあげる。

「これは何の茶番じゃ」

嗄《しゃが》れた声で一喝した人物こそ、永井家江戸家老の坂垣大膳《さかがきだいぜん》であった。

後ろには何と、吟味方与力の門倉角左衛門が控えている。

「間に合ってくれたか」

勘兵衛はつぶやき、ほっと安堵の溜息を吐いた。

後ろの鯉四郎も、緊張を解いたことだろう。一度は死を覚悟したはずだ。勘兵衛と同様、門倉のすがたを目に留めた瞬間、ぐっと込みあげるものがあったにちがいない。

「宇津見五郎右衛門、頭を冷やさぬか」

　坂垣が諭すように言った。

「たとい、どのような罪を犯そうとも、町奉行所の同心に縄を打ち、藩法で裁くことなどできようはずがあるまい。ましてや、誤った裁きを下したとあらば、わが藩の存亡にも関わる大事になろうぞ」

「されど、この者らはあきらかに罪を犯しました。それがしの大事な跡取りを亡き者にしたのでござる」

　声を震わせる宇津見に向かって、坂垣は大きな溜息を吐いた。

「一人息子を失った悲しみはわかる。されどな、おぬしはそのせいで、目が曇っておるのじゃ」

「どういうことにござりましょう」

「春日に聞け。白洲に座るのは誰か、きちんと見極めよ」

　すかさず、春日が口角泡を飛ばす。

「ご家老さま、それがしをお疑いか」

「ああ、そうじゃ。されど、おぬしのことはどうでもよい。大事なのは、わしが殿から

『早急にどうにかせよ』と、直々に命じられたことじゃ」

「殿が、何故に」

「本日、わが殿は千代田城松の御廊下にて、とあるお方に呼びとめられた。そのお方は仰せになった。『配下の隠密が囚われの身になっておるやもしれぬゆえ、解きはなちにしてほしい』とな。頭までさげられたのじゃ。よくよく聞けば、隠密たちは騙りの小悪党を追っていた。ところが、調べが進むうちに、当家の美濃傘に関する不正の疑惑を掴むにいたったそうじゃ。今は疑いの段階で留めているものの、当家の出方次第では町奉行所あげて調べを進めねばならぬ。『三万石の存亡にも関わることゆえ、御当主のお耳にだけは入れておかねば』とのお心遣いであった」

　坂垣は空咳を放ち、さらにつづける。

「そのお方は、こうも言い添えられた。『まんがいち当方に落ち度があれば、いかような責めも負いましょう』とな。わが殿は急いで上屋敷へ戻られ、わしをお呼びになったのじゃ」

　それ以前の段階で、銀次から門倉のもとへ事の経緯が告げられ、門倉を介して根岸の耳に詳細がもたらされたにちがいない。根岸は即座にどうすべきか策を練り、登城の折りに松の廊下で若い当主を脅しつけるしかないと判断したのであろう。

捨て身の策が功を奏し、勘兵衛と鯉四郎は九死に一生を得た。

すべては「寿一はかならず裏切る」という銀次の読みを信じたことから生まれた策にほかならない。

坂垣は怒り声をあげた。

「いつまで説明させる気じゃ。早う、同心たちの縄を解かぬか」

「はっ」

宇津見の指図で捕り方が動き、勘兵衛と鯉四郎は縄を解かれた。

口をへの字にまげた春日のほうへ、みなの眼差しが集まる。

「……ま、待ってくれ。わしはやましいことはしておらぬ」

「見苦しいぞ、春日」

と、坂垣が呻《うめ》くように言った。

「おぬしは不正が明るみになるのを危ぶんだ。それゆえ、調べの核心に迫った宇津見兵庫の斬殺を指図したのであろうが」

「ご家老、いったい、何の証しがあってさようなことを」

「証しはあやつらじゃ」

廊下の向こうから、数珠繋《じゅずつな》ぎになった連中が引かれてきた。

足を引きずった武衛館館長の熊川道逭を筆頭に、門弟の野口琢磨と遠藤克美、さらには日待屋寿一のすがたもある。

「こやつらが白状した。罪一等を減じるのと引き換えにな。春日よ、おぬしだけは罪を減じるわけにいかぬ。切腹はさせぬぞ。藩法により、斬首じゃ。屍骸は取り捨てにし、春日家は改易となろう」

項垂れた春日に縄が打たれた。

坂垣がこちらに向きなおる。

「さて、長尾勘兵衛、おぬしにはすまぬことをしたな。何か申したいことはないか」

「されば、ひとつだけ。福山松太郎は、お戻しいただけるのでしょうか」

これには、宇津見が赤く腫らした目でこたえた。

「無論にござる」

やはり、松太郎を処断したというのは嘘だった。

藩士以外の者を藩法で勝手に裁けるはずはないのだ。

勘兵衛は張りつめた緊張から解きはなたれ、地べたに両手をついた。

どうやら、からだを支えられぬほど疲れきっていたらしい。

「長尾、帰るぞ」

門倉が厳しい口調で命じてくる。

勘兵衛は鯉四郎に助けられ、どうにか立ちあがった。

十二

数日後。

節気は大暑、夏の温気《うんき》は収まる様子もない。

四つ辻に心太《ところてん》の行商をみつけ、勘兵衛は二文払って心太を求めた。

行商は棹《さお》状に固めた寒天を天突きで押し出し、酢醤油《すじょうゆ》と辛子を付けてくれる。

つるんと食べた途端、喉元を涼味が通りすぎた。

ところで、加納藩永井家の藩法で裁かれた者たちはどうなったのか。

勘定奉行の春日頼母は斬首、熊川道艫と門弟ふたりは切腹、春日に騙されて裁きを司った徒頭の宇津見五郎右衛門は蟄居《ちっきょ》となった。そして、裏切り者の寿一は死罪を免れ、闕所ののち遠島とされたが、流されるさきが伊豆《いず》なのか、それとも壱岐《いき》なのかは確かめられなかった。

一方、福山父子の町道場へは永井家の江戸家老に遣わされた使者がやってきた。

一連の経緯を陳謝するとともに、あらためて剣術指南役に就いてはもらえぬかとの打診であったが、福山父子は丁重に断った。

松太郎は道場を継ぎたいと、父親に告げていたらしい。

束脩も貰わずに町道場をつづけていくのは困難だが、娘の願いを聞き入れた香煎屋の主人が後ろ盾になるという。

松太郎とおさなは相惚れのようでもあるし、万事めでたしということにしておこう。

勘兵衛は心太を食べ終えると、鎧の渡しを小舟で渡り、小網町の思案橋から親父橋へ向かった。

いつもどおり、銀次が女房のおしまにやらせている『福之湯』へやってきたのだ。

好きな食べ物は豆腐と鰻、楽しみは酒と寄席《よせ》と朝風呂だが、これだけは止められないものはと問われれば、朝風呂とこたえるだろう。もちろん、八丁堀にも湯屋はあるが、客は不浄役人ばかりで落ちつかなかった。

暖簾を振りわけ、刀を鞘ごと抜いて敷居をまたぐ。

番台に置かれた花入れには、蓮《はす》の花が活けてあった。

居眠りをしているおしまは、天満宮の撫で牛に似ている。

「おはようさん」

挨拶をして刀掛けに刀を掛け、脱衣所で着物を脱いだ。

罅割れた壁には「失せ物は知らず」という紙が貼ってある。

着物を盗まれても関知しないという注意書きだが、朝湯に浸かる同心の着物を盗む間抜けはいない。

「うぽっぽの旦那」

番台から、我に返ったおしまが声を掛けてきた。

「今朝は先客が。薊《あざみ》の隠居がおられます」

「……そ、そうか。あいわかった」

真っ裸でも、きゅっと襟を正したくなる。

糠袋と桶を携え、洗い場へと急いだ。

誰もいない。

正面奥の石榴口《ざくろぐち》から、ぴちゃぴちゃと音がする。

「そっちか」

滑るように近づき、身を屈めて石榴口を潜った。

白い湯気を両手で分けると、湯舟に誰かが浸かっている。

「おう、まいったか」

薊の隠居に声を掛けられ、勘兵衛は深々と頭を垂れた。

「おはようござります」

「挨拶はいらぬ。早う浸かれ」

「はっ」

勘兵衛は湯舟の縁に身を寄せ、片方の爪先を入れようとする。

「熱っ」

「ふん、一番風呂じゃ。熱いにきまっておろうが」

どうにか両足を入れ、腰、腹、肩と沈んでいった。

じんじんと痺《しび》れが走り、海月《くらげ》のようになってしまう。

「この世の極楽とは、朝風呂のことじゃな」

「まことに」

「ふん、惚《ほう》けた面をしおって」

ざぶんと立ちあがり、隠居は湯舟から出ていく。

慌てて、勘兵衛も追いかけた。

石榴口から外に出て、湯気のあとを追いかける。

隠居は洗い場のまんなかに陣取り、こちらに背を向けた。

齢七十は超えたはずなのに、筋骨隆々のからだをしている。

しかも、背中には極彩色の彫り物を纏っていた。

憤怒の烏枢沙摩《うすさま》明王である。

現世の不浄を排除する厠《かわや》の神にほかならない。

しばし見惚れていると、隠居に叱りつけられた。

「何をぐずぐずしておる。早う、垢を掻かぬか」

「はっ、ただいま」

勘兵衛は三助よろしく、烏枢沙摩明王を掻きはじめる。

ぼろぼろと、おもしろいくらいに垢が落ちてきた。

「どうじゃ、垢が溜まっておろう」

「はっ」

隠居は格別に何かあったときだけ、この『福之湯』を訪れる。

「本所廻りの連中が文句を言うてきたそうじゃ。長尾勘兵衛に縄張りを荒らされて困るとな。そもそも、長尾勘兵衛は目こぼし料を受けとらぬ。どうやら、それが気に食わぬらしい」

不浄役人で袖の下を拒むものは、よほどのお人好しか役立たずとみなされる。上役には疎んじられ、後輩には莫迦にされ、同僚には阿呆扱いされる。そんな臨時廻りが目障りで仕方ないのであろう。

「あやつらの言い分もわからんではない。廻り方の手当ては雀の涙ゆえ、袖の下で稼いだ銭で小者どもを養わねばならぬ。小悪に目を瞑らねば、江戸の政《まつりごと》は治まらぬというはなしよ」

「はっ」

「されどな、袖の下も貰わぬ不器用な男が、わしは好きでたまらぬ。とどのつまり、人を動かすのは好きか嫌いかじゃ。好きなやつを生かしておきたいとおもえば、こっちも必死にならねばなるまい」

「こたびのことは、まことに申し訳ござりませぬ」

「こたびにかぎったことではないがな。ふふ、自慢ではないが、御家人からの叩きあげで松の御廊下を渡ってもよい者はそうはおるまい。相手は生まれついてのお殿さま、びびらせるのは朝飯前よ」

「はっ」

「勘兵衛よ、今のおのれを貫きとおせ。そして、死ぬときは大木のごとく、音を起てて大地に倒れよ。それまではけっして、枯れるでないぞ」

「はっ」

勘兵衛しか知らぬことだが、薊の隠居とは根岸肥前守鎮衛にほかならない。

熱意の籠もった根岸のことばは、干涸らびた田圃に降りそそぐ慈雨のごとく勘兵衛の心を潤した。

臨時廻りとは江戸の裏事情に精通し、清濁併せのむ器量を兼ねそなえた者でなければ務まらぬ。高潔さを求めるほうがまちがっているのかもしれない。ただ、本来は高潔さこそが、不浄役人に求められる唯一の資質にちがいなかった。

根岸はわかってくれている。それが確かめられただけでも、厄介な出来事に首を突っこんだ甲斐はあった。

薊の隠居と別れ、勘兵衛は茹であがった顔で路地を歩きはじめる。

芝居町の喧噪が近づくと、江戸の切絵図が頭に浮かんできた。

今日は何処をほっつき歩くか。

「本所まで行ってみるかな」

あまのじゃくな心の声が、しきりに誘いかけてくる。

勘兵衛は亀戸《かめいど》天神の宮司に拾われた捨て子であった。宮司から貰われていったさきが風烈廻り同心を務める長尾家で、心優しい同心夫婦が住む家となすべき役目を遺してくれたのだ。

本所とは縁がある。

縄張りを荒らすなと言われても、気の向くままに行きたいところへ行かせてもらう。

胸中につぶやき、勘兵衛は歩きだした。

顔馴染みの女将が一膳飯屋からあらわれ、打ち水で路面を冷やそうとする。

「あっ、うぽっぽの旦那」

「おはよう、精が出るな」

「とろろ飯と白瓜《しろうり》の塩揉みがござります。食べていかれませぬか」

「ふふ、またの機会にな」

「いつでもどうぞ、ご遠慮なく」

今日も一日つつがなく過ぎてくれればそれでよい。

勘兵衛は仏のごとく微笑み、陽炎《かげろう》の立ちのぼる辻向こうへ遠ざかっていった。

夫婦《めおと》小僧

一

世に言う「義賊仁盗《ぎぞくじんとう》」なるものを、勘兵衛は信じない。

ただ、義理堅い盗人《ぬすっと》はいる。

夫婦小僧と呼ばれた盗人もそうだ。

二十年前に重い罪を見逃してやった。それ以来、盆と正月に挨拶にやってくるようになった。ところが、今年は盆になるまえに亭主だけがすがたをみせ、夕暮れまで留守を預かっていた綾乃に妙な言伝を残していった。

「『とんでもねえ連中の尻尾を摑んだ。うぽっぽの旦那に、そうお伝えください』と、その方は仰いました」

近いうちにまた寄らせてもらうとも言い添え、そそくさといなくなったらしい。

「目の垂れたひょっとこ顔の五十男か」

「ええ」

「そいつは亭主の重松《じゅうまつ》だ。おれがいねえときはいつも黙って帰《け》えるのに、娘のおめえに言伝を残すとはよっぽどのことだな」

勘兵衛は腕組みをして考えこんだ。

煮蛸《にだこ》の黒胡麻和《くろごまあ》えと茄子の浅漬けを肴に、娘の酌で満願寺の下り酒をちびちび飲《や》っている。

暦は立秋、七夕も近い。

陽が落ちて辺りが薄暗くなると、庭に咲いた山梔子《くちなし》が芳香を放ちはじめた。

綾乃が小首をかしげ、手にした銚釐《ちろり》をかたむける。

「どうして、夫婦小僧って呼ばれていたの」

「鴛鴦《おしどり》みてえに仲のいい盗人だからさ」

「へえ、やっぱり盗人なんだ」

少なくとも、二十年前までは「義賊仁盗」を気取った盗人だった。

「二十年前」

「おめえが十に満たねえ頃のはなしさ」

とある晦日《みそか》の晩、日本橋本町三丁目の薬種問屋が金蔵を破られた。家人も奉公人も眠りこけ、朝になって蔵の扉が開いているのに気づいたという。数日後、疑いを掛けられたのが、近くの堀留《ほりどめ》町の裏長屋に住む夫婦だった。亭主の重松は錠前作りの職人で、女房のおくみは薬種問屋の下女として二年も働いていた。

「破られた金蔵の錠前は重松が作った精巧な代物でな、容易なことじゃ破られねえ。一方、おくみは金蔵が破られた翌日から行方知れずになった。重松もいっしょに消えたとなりゃ、ふたりを疑わねえわけにゃいくめえ」

すがたを消したふたりは「夫婦小僧」と名付けられ、町奉行所の手配書にも人相書が載せられた。

「おくみは引きこみ役で、その夜、家人にみつからぬように裏木戸の心張棒を外しておいた。おかげで、重松は容易《たやす》く屋敷内に忍びこむことができた。それが吟味方の描いた筋書きさ」

金蔵には千両箱が山と積まれていたにもかかわらず、盗まれたのは五十両ほどであったという。

同じ日の夜更け、浅草の貧乏長屋で妙な出来事があった。

住人たちが寝ているあいだに、五十枚近くの小判がばらまかれたのだ。

「空からお宝が降ってきたと、貧乏人どもは大喜びさ」

薬種問屋の金蔵を破った盗人の仕業にちがいないと世間は騒ぎたて、町中が夫婦小僧の噂で持ちきりになった。

「あとでわかったことだが、薬種問屋は抜け荷に手を染め、大金を稼いでいやがった。そいつがばれたせいで、世間からは同情もされず、貧乏長屋に盗み金を配った盗人のほうが義賊仁盗と持ちあげられた」

「夫婦小僧は捕まったのでしょう」

金蔵破りから半月ほど経った頃、南茅場町の大番屋へ、夫婦なかよくやってきた。

「偶さか、応対したのがこのおれさ。人相書が出まわっているのを、えらく気にしていやがった。潔く罪を白状するのかとおもったら、そうじゃなかった。金を盗んだのは自分たちじゃねえ。裏長屋からいなくなったのは、伊豆へ湯治に行っていたからだと抜かしてな。それほど疑うなら盗みの証しをみせてほしいと、開きなおりやがったのさ」

「証しはあったの」

「いいや、あったら磔《はりつけ》獄門だったろうな。でも、おれはふたりが盗《と》ったと見抜いた。目をみりゃ、すぐにわかる。盗人だってことはな」

「それで、どうしたの」

「正直に喋れば、罪を軽くしてやると諭してやった。もちろん、最初は盗ってねえの一点張りさ。でもな、ふたりは重い荷を一刻も早くおろしたがっていた。できれば、罪を白状し、まっとうな暮らしがしてえ。善人として生き直したかったにちげえねえ。だから、言ってやったのさ。正直に何もかも喋れば、湯治場で朝湯に浸かったときのような極楽気分を味わえるとな」

「おもいは通じたの」

「ああ、通じたさ。おれを信じてくれてな、夫婦でやらかした盗みを洗いざらい喋りやがった。ぼろぼろ泣きながら、金輪際、盗みはやらねえから許してほしいと、言い添えてな」

　夫婦小僧は阿漕な商人だけを狙い、盗み金から一両だけを奪ったうえで、残り金はすべて貧乏長屋の大屋根から餅撒きの要領でばらまいていた。自分たちで使った額が合わせて十両に満たなかったこともあり、勘兵衛は独断で金蔵破りの重罪を見逃してやったのだ。

「首を失っても文句は言えねえところだが、夫婦揃って牢屋敷の門前で五十敲きにしてやった」

「五十敲き」

「ああ、さすがに罰を与えずに帰えすわけにゃいかねえ。軽い仕置きの敲きで済ます理由を探していたら、むかし湯屋の古着を盗んだことがあったらしくてな。ともあれ、首が繋がったのを恩に着て、盆暮れの挨拶を欠かさぬようになったのさ」

「ふうん。それで、盗人を止めたあとの落ちつき先は教えてもらったの」

「ああ」

　たしか、品川宿のとっぱずれで木賃宿を営んでいると言っていた。

「明日にでも行ってみるかな」

「鯉四郎さまにも伝えておくからね」

「何かと忙しい身だから、伝えることもあるまいさ」

「でも、まんがいちのことがあると困るから」

　身を案じてくれる娘の気持ちは嬉しいが、鯉四郎をわざわざ品川くんだりまで連れだすのも気が引ける。

　適当に生返事をしながら、勘兵衛はひとりで行くことに決めていた。

二

品川宿までは約二里、縄手に沿って緩やかに蛇行する宿場は目黒川によって北と南に分かれている。南北品川の境となる中ノ橋を渡って、南品川宿は一丁目から四丁目までつづくのだが、鴛鴦夫婦の営む木賃宿は棒鼻も越えた鮫洲《さめず》の海晏寺《かいあんじ》門前にあった。海晏寺の紅葉《もみじ》に因《ちな》み、土地の連中からは「紅《くれない》の宿」と呼ばれているらしい。木賃宿の主人夫婦は旅籠とちがって、客の面倒をいっさいみない。何もしてくれないの「くれない」と「紅」を掛けた駄洒落《だじゃれ》でもあるという。

蒼海に群れ飛ぶ海鳥の絵面を瞼《まぶた》の裏に浮かべてきたが、不運にも空には雨雲が垂れこめている。

午後の八ツ刻に訪ねてみると、女房のおくみが出迎えてくれた。

年明けに会ったのは重松だけなので、おくみとは一年ぶりの再会になる。

親しみやすいお多福顔はあいかわらずだが、こちらをみつめる眼差しには憂いが感じられた。

「亭主が昨日から帰ってこないんです」

「まことか」

不吉な予感が当たった。

「うぽっぽの旦那のところへご挨拶に伺うことは存じあげておりました」

重松はおくみにかならず行き先を告げる。ふらりと宿を出るのは、猟師町へ陸釣《おかづ》りに行くときくらいだという。

「八丁堀のお屋敷を訪ねたあとは、まっすぐ帰るって言ったのに」

帰りの道中で凶事に巻きこまれたとしかおもえないと、おくみは口をへの字にして半べそを掻いた。

「留守にしていたものでな、重松はめずらしく娘に言伝を残していった。『とんでもねえ連中の尻尾を摑んだ』とな」

「それで、わざわざお越しくださったんですね」

言伝にあった「とんでもねえ連中」についても、おくみは何ひとつ知らぬらしい。

知れば危うい情況に置かれることを危惧し、重松は敢えて伝えなかったのだろうか。

「あのひとは常日頃から申しておりました。『うぽっぽの旦那には二十年前にいただいた御恩を返さなくちゃならねえ』と。二十年前、旦那は大番屋でわたしたちに仰いましたよね。『小悪にゃ目を瞑るが、巨悪はぜったいに許さねえ』と。亭主はそのことばをおぼえていたんだとおもいます」

おくみの言うとおり、重松は巨悪をみつけ、まっさきに報せようとしたのだろう。

そして、行方知れずになった。

いや、まだそうとは言いきれない。

何食わぬ顔でひょっこり帰ってきてほしかった。

木賃宿を覗くと、ちらほら客が集まりはじめている。

囲炉裏にくべる薪《まき》代さえ払えば、誰でも泊まることができる宿だ。

足を濯《すす》いでくれる下女もいなければ、宿帳を手にした番頭もいない。

面倒な手続きは必要なく、身分や素姓を穿鑿《せんさく》されることもなかった。

誰もが囲炉裏のまわりに居場所を確保し、板の間の片隅で行李《こうり》を枕に眠る。

宿の主人夫婦は薪を補充するだけで、用がなければ旅人たちに声も掛けなかった。

客は深酒もせぬし、くだを巻いたり、誰かに喧嘩を吹っかけるようなまねはしない。

身の上話をしたがる輩《やから》があっても、けっして親しくはならず、朝になれば他人の顔で旅立っていく。

そうした不文律を理解している者だけが、木賃宿を利用できるのである。

盗人も利用し易い宿なので、時折、道中奉行の指図で捕り方の手入れがはいる。ただし、顔馴染みの宿場役人と懇ろになっておけば、警動《けいどう》の日付は事前に報せてもらえるため、盗人が捕まることはほとんどない。品川宿で何年も木賃宿を営んでいけるのは、道中奉行の手下や地廻りの連中と日頃から上手につきあっているからだろう。

もちろん、広域で極悪人を手配するときなどは、町奉行所も助力を仰ぐことがある。だが、あくまでも道中奉行の縄張り内なので、勘兵衛のような廻り方が宿場の奥まで足を運ぶことはあまりなかった。

屯《たむろ》する客たちも、そのあたりは心得ている。

黒羽織の小銀杏髷が顔をみせても、たいして関心はしめさなかった。

入口に近い壁の片隅には、釣り竿が何本か立てかけられている。

おくみのはなしを聞くかぎり、重松が毎日向かったさきは猟師町しかない。

「ちょいと借りるぜ」

勘兵衛は釣り竿を一本手に取り、宿の外へ出た。

途中、南品川町の三丁目と二丁目のあいだに人馬取次の問屋場《といやば》があり、宿場役人や小者たちが大勢屯している。

勘兵衛は顔を隠すようにして足早に進み、目黒川の手前で右手の洲崎へ折れた。

海は灰色に沈んでいる。

潮の香りが濃厚に漂ってきた。

網干し場には漁師小屋が点々とつづき、岸辺には漁から戻った漁船が並んでいる。

堤の先端まで進むと、陸釣りに手頃な場所があった。

おそらく、重松はこの辺りで釣り糸を垂れていたのだろう。

勘兵衛も波打ち際へ近づき、びゅんと勢いよく竿を振った。

すると、年寄りの漁師が後ろから声を掛けてくる。

「干潮だから何も釣れねえぞ」

「まあ、そうだろうな」

勘兵衛は振り向き、にっこり笑いかけた。

「あんた、木賃宿の亭主は知っているかい」

「重松のことか」

「ああ、そうだ。今日は見掛けなかったかい」

「そう言えば、見掛けてねえな」

「昨日は」

「見掛けてねえ。一昨日《おととい》の朝なら、釣り糸を垂れていやがった。釣果もねえのに、ぼうっとしながら、半日も沖をみつめていたな」

「半日もか」

「このところは、ずっとそうだった。沖の樽廻船《たるかいせん》を眺めては、溜息ばかり吐いていやがった」

「沖の樽廻船」

なるほど、樽廻船らしき大きな船が何隻も碇泊《ていはく》している。

内海の浅瀬には進入できぬため、猟師町からみえる沖合あたりが大きな船の碇泊場所になっていた。

「そんなに遠くはねえ。目を懲らせば、格子柄の垣立《かきたつ》までよくみえんだろう」

たしかに、よくみえる。海は凪《な》いでおり、樽廻船の数はもちろん、大きさや形状のちがいも把握できた。

みていて飽きない風景だが、半日も同じ場所に留まりつづけるのはさすがに難しかろう。

「重松は何を眺めておったのだろうか」

「さあ、知らねえ」

漁師は首をかしげ、こちらに背中を向けた。

勘兵衛も堤から離れ、来た道を戻りはじめる。

木賃宿に戻ってみると、表に人垣ができていた。

「取籠《とりこ》もりだぞ」

野次馬が叫んでいる。

人垣を掻き分け、前面へ躍りでた。

騒ぎははじまったばかりらしく、問屋場から捕り方が駆けつけた様子はない。

「三島屋《みしまや》潮《ちょう》五郎《ごろう》を呼んでこい」

囲炉裏の向こうで、襤褸《ぼろ》を纏った五分月代の男が叫んでいる。

潰れ百姓であろうか。

左腕に十五、六の娘を抱え、娘の首筋に鎌の刃をあてがっていた。

娘は恐怖で声をあげることもできない。

「勘弁してください。娘をお助けください」

囲炉裏の手前に跪《ひざまず》いているのは、娘の母親だろうか。

風体から推すと、三味線の門付けで口を糊《のり》する鳥追《とりおい》にちがいない。

「旦那、どうにかしてあげて」

おくみに袖を握られた。

勘兵衛はうなずき、そろりと前へ踏みだす。

「来るな。近づいたら、娘の命はねえぞ」

「待て、落ちついてくれ。はなしを聞こうじゃねえか」

勘兵衛はゆったりした口調で言い、母親の後ろまで近づいた。

「騙されねえぞ。てめえ、役人だな」

「ああ、そうだ。おれは町奉行所の臨時廻りだ。四十年近くも十手を預ってきた。だから、善人と悪人の区別はつく。おめえは悪人じゃねえ。そいつはすぐにわかる。ただ、世の中にちょいと不満があるだけだ」

「ちょいとどころじゃねえ。三島屋はおれを騙しやがった。八つ裂きにしても足りねえ野郎なんだ」

「わかった。事情はゆっくり聞いてやる。だから、関わりのねえ娘は放してやれ」

勘兵衛は母親に身を寄せ、震える背中を優しく摩《さす》ってやる。

男はその様子をみつめ、憑《つ》きものが落ちたような顔になった。

あとひと押しだ。

勘兵衛は、ぐっと男を睨みつけた。

「娘の命を奪ったら、おめえは磔獄門だ。でもな、娘を放してくれたら、事情次第では死罪を免れる。命あっての物種じゃねえか、なあ。けっして嘘は吐かねえから、おれを信じてくれ」

勘兵衛が懸命に訴えると、男は鎌を床に落とした。

娘が弾かれたように離れ、囲炉裏の脇へ逃れる。

勘兵衛が動こうとしたところへ、後ろから捕り方どもが押しよせてきた。

「それ、捕まえろ」

指揮を執るのは、道中奉行配下の宿場同心であろう。

遅れてあらわれて息を潜め、好機を窺っていたのだ。

「うわああ」

男は鎌を拾い、喚《わめ》きながら振りまわす。

「待て、待たぬか」

勘兵衛は両手を広げ、捕り方を阻もうとした。

だが、数が多すぎて阻みきれない。

囲炉裏の灰が舞いあがり、男は格闘のすえに押さえつけられた。

「待てというに、わからぬのか」

勘兵衛は声を荒らげたが、捕り方どもには届かない。

肥えたからだつきの宿場同心が、のっそり近づいてきた。

「ここはおれたちの縄張りだ。臨時廻りの出る幕じゃねえ」

「さっきのやりとりを聞いていたのなら、あの男とはなしをさせてくれ」

「そいつは無理だ。あいつはおれたちが裁く。宿場の揉め事に首を突っこむな」

取りつく島がない。

男は抗うのを止めても強かに撲られ、引きずられるように連れていかれた。

気づいてみれば、鳥追の母娘が床に両手をついている。

「さすが、うぽっぽの旦那だよ」

かたわらでは、おくみが袖で涙を拭いていた。

落ちついたところで、生意気な同心の名を聞きださねばなるまい。

今日中に帰るつもりでいたが、無理のようだなと、勘兵衛はおもった。

三

夜のうちに使いを出しておいたので、銀次は朝一番で品川宿へやってきた。

勘兵衛が居を定めたのは、猟師町に近い南品川一丁目の『伊勢浜《いせはま》』である。

さすがに木賃宿では落ちつかぬので、海のみえる二階建ての旅籠を選んだ。

近海で獲れる魚の網焼きや栄螺《さざえ》の壺焼きなども食べられ、食通にも人気の旅籠らしいが、今は食べ物に舌鼓を打っている気分ではない。

行方知れずになった重松を捜さねばならぬし、昨日捕まった男の様子も気になった。

ともあれ、銀次が来てくれれば百人力を得た気分だ。

「みなさん、心配なさっておいででしたよ」

鯉四郎も夕方にはやってくるというので、少しばかり申し訳ない気持ちになった。

ふたりで手分けして宿場を往復し、一昨日の晩に妙な連中を見掛けなかったか、足を棒にして聞き込みをつづけた。これといったはなしは得られず、重松の行方は杳《よう》として知れぬままだった。もちろん、宿場にいたるまでの帰路で凶事に遭ったのかもしれず、そうなると捜す範囲の線引きが難しくなろう。

一方、捕まった男については昼までに事情はあらかたわかったが、過酷な責め苦を受け、今も問屋場の牢に留め置かれているようだった。

「男の名は六兵衛《ろくべえ》。旦那の睨んだとおり、越後の潰れ百姓でやした」

江戸に来て一年余り、荷役として廻船問屋の三島屋に扱《こ》き使われてきた。やがて、博打にのめり込み、稼ぎをぜんぶ突っこんで、すってんてんのおけらになった。三島屋にも愛想を尽かされ、自暴自棄になって凶行に走ったというのが、小者の語っていた筋書きらしい。

　もちろん、それだけなら同情の余地はない。もっとほかに事情があったような気がしてならなかった。

「はなしを聞いてやると、おれは六兵衛に約束した。このままじゃ、嘘を吐いたことになる」

「旦那らしいな。小悪党にも情けを掛けちまう」

「自分に嘘を吐きたくねえだけさ」

「でも、助けようがありやせんぜ」

「今のところはな。ところで、三島屋の評判はどうだ」

「ちょいと聞いただけじゃ、誰も教えてくれやせん。でも、酒を奢《おご》ってやった小者たちが本音を漏らしやした。阿漕な商人だって」

　三年ほど前に上方からやってきた新興の廻船問屋で、樽廻船を何隻か所有しており、酒樽を積んで上方と江戸を往復させてはがっぽり儲けているという。

　宿場役人や地廻りとも裏で通じ、あれよという間に宿場随一の廻船問屋にのしあがったものの、荷運びの賃料をごまかしたり、何かのまちがいで届いていない荷を届けたはずだと言い張ったり、廻船問屋仲間のあいだでは、まともな商売をしない男で通っているようだった。

それでも、しこたま儲けている裏には何かあると勘ぐる連中もいたが、裏の事情を知る者はいなかった。

ふたりは肩を並べ、賑わう宿場を北に向かった。

左手には御殿山《ごてんやま》、右手には蒼海が広がっている。

今日は朝から晴れたので、足取りも軽くなった。

八つ山を左手にすれば、宿場の北端に達したことになる。

右手の海岸には船寄せがあり、多くの荷船が長大な桟橋に繋がれていた。

街道沿いには船倉を抱えた廻船問屋が軒を並べ、際だってうだつの高い建物が『三島屋』であった。

「三年でここまでの店にするにゃ、阿漕な商売をするしかありやせんぜ」

「そうかもな」

銀次のことばにうなずいていると、反対側の路地裏から儚《はかな》げな三味線の音色が聞こえてきた。

もしやとおもって、そちらに足を向けると、鳥追の母娘が近づいてくる。

目深にかぶった菅笠を外し、ふたりは深々とお辞儀をしてみせた。

「昨日助けた母娘でやすね」

銀次が目尻に皺をつくって微笑む。

勘兵衛は母娘に向かって、気軽に声を掛けた。

「頭をさげることはねえ。あたりまえのことをしたまでだ」

「いいえ、旦那は命の恩人であられます。何もお返しができず、情けなくおもっております」

恐縮する母親の隣で、娘は小さくなっている。

ふと、おもいたち、勘兵衛は母親のほうに問いかけた。

「宿場に来て何日目になる」

「今日で四日目にござります」

「それなら、一昨日の晩も宿場を流していたのだな」

「はい、北と南を行ったり来たりしておりました」

「夕暮れ時から夜にかけて、妙な連中を見掛けなかったか。たとえば、破落戸風の男どもとか、物騒な浪人どもとか、誰かの悲鳴を聞いたとかでもいい」

「そう言えば、旅装のお方が逃げるのを見掛けました」

母と娘は顔を見合わせ、何度もうなずく。

「この辺りです。日も暮れて辺りは薄暗くなっておりました。なのに、そのお方は八つ山のほうへ逃げていかれました」

「追っていた連中は見掛けなかったのか」

「恐くなって背中を向けてしまいました」

母親ではなく、娘のほうが怖《お》ず怖ずと喋りはじめた。

「ちらりとみました。追いかけていったのは、五、六人だったかと」

「どんな連中か、わかるか」

「お侍ではありません」

土地の破落戸かもしれない。娘もそれ以上はこたえられなかった。

「何かあったら、南品川の『伊勢浜』を訪ねてくれ」

「かしこまりました」

「引き留めてわるかったな」

「こちらこそ」

丁寧に頭をさげる母娘と別れ、その足で銀次と八つ山へ向かう。

はたして、大勢の男たちから逃げたのは、重松なのであろうか。

街道を外れて小高い丘陵を登ったのは、行く手に隠れる場所の目途があったからにちがいない。

道沿いに登っても、それらしき場所はなかった。

折れた雑草の枝を目印に道なき道を進むと、行く手に掘っ建て小屋がみえてくる。

勘兵衛は立ち止まり、後ろの銀次に目配せを送った。

近づいてみると、どうやら、炭焼小屋らしい。

たしかに、夜の暗さではみつけられぬであろう。

ただ、追っ手を振り切ったとすれば、疾うに小屋を脱しているはずだ。

望み薄だが、再会を期待しつつ、枯れた雑草に覆われた小屋の表口に近づいた。

朽ちかけた扉は開いている。

敷居をまたいでも、人の気配はしない。

小屋の内は六畳二間ほどの広さだった。

「こちらを」

銀次が土間の片隅で何かを拾いあげる。

「荒縄か。まだ新しいな」

「柱に縛りつけられていたみてえだな」

重松は逃げきれず、この小屋で追っ手に捕まり、しばらくは繋がれていたのかもしれない。

「飯の残りがありやす」

茶碗の底に、汁が残っていた。

銀次は鼻を近づけ、くんくん匂いを嗅ぐ。

「腐ってねえな。今朝方まで、ここにいたのかもしれねえ」

勘兵衛は囲炉裏にくべられた薪の燃え滓《かす》を数えた。

「ひとりにしちゃ、薪が多すぎる」

何人かで囲炉裏を囲んでいたようだ。

やはり、重松は逃げこんだ小屋で捕まり、柱に繋がれていた公算が大きい。

ただ、今朝方まで生きていたとすれば、希望の光がみえてきたとも言えよう。

「宿場の顔役は、眉毛《まゆげ》の伝助《でんすけ》っていう野郎です。まとまった数の破落戸どもに指図できるとなりゃ、伝助しかいねえ」

「さっそく、訪ねてみるか」

勘兵衛の台詞に、銀次は眉を寄せる。

「伝助は宿場役人と通じておりやす。問屋場のほうにも手下を送りこんでいやがるようで。当然、旦那に生意気な口をきいた同心の荒巻才次郎《あらまきさいじろう》とも通じておりやしょう」

「荒巻の上役は、与力の大黒平太夫《おおぐろへいだゆう》だったな」

「下手に動けば、大黒や荒巻に気づかれやしょう」

そうなれば厄介だが、手をこまねいているわけにもいかぬ。

「いっそのこと、掻きまわしてやるか」

町奉行所の役人が動いているとわかれば、重松の扱いも慎重になろう。

そうなってくれることを願いつつ、勘兵衛と銀次は炭焼小屋をあとにした。

四

調べをさらに進めるべく、銀次とは別行動を取ることにした。

宿場の顔でもある貸元の店は、御殿山へ通じる大横町にある。

勘兵衛は素知らぬ顔で敷居をまたいだ。

「眉毛の伝助はおるか」

上がり端に座り、わざと横柄な態度で叫んだ。

十手を抜いて肩に構えると、手下どもが怪訝《けげん》な顔をする。

奥の暖簾を振り分けて、四角い顔の五十男があらわれた。

庇《ひさし》のように突きでた眉をみれば、伝助だとすぐにわかる。

「誰でえ、生意気な口をききやがるのは」

十手持ちだと知りながらも、ぎょろ目を剝いて威嚇した。

宿場役人の後ろ盾があるため、強気に出られるのだろう。

「この辺りじゃみねえ面だな」

「南町奉行所の廻り方だ。ぞんざいな口をきくようなら、容赦はしねえ」

「ほへえ、この伝助さまに強意見しやがった。おめえさん、紅の宿で鳥追の娘を助けた臨時廻りの旦那だろう。宿場の揉め事に首を突っこむなと、荒巻さまから諭されたはずだぜ」

「何でも知っておるようだな」

勘兵衛は十手を背帯に仕舞い、柔和な顔を向ける。

伝助は調子に乗り、粋がってみせた。

「宿場のことは、表から裏まで何だって知っているさ。で、おれに何か用か」

「木賃宿の亭主が一昨日から行方知れずでな、何だって知っているおめえに聞けば居場所がわかるとおもったのさ」

伝助は顔を顰《しか》めた。わかりやすい男だ。

「おめえさん、名を聞かせてくんねえか」

「長尾勘兵衛だ」

「木賃宿の亭主は重松だったな。何か、関わりでもあんのか」

「別に」

「だったら、どうして重松の行方を捜す」

「ふふ」

「何が可笑《おか》しい」

「教えてほしいなら、ちと耳を寄こせ」

「こうか」

かたむけられた耳を摑み、勘兵衛はおもいきり引っぱった。

「……い、痛っ」

手下どもが気色ばみ、身を寄せてくる。

勘兵衛は周囲を睨み、伝助の耳を捻りあげた。

「じたばたするな。こいつの耳がちぎれるぞ」

「……は、放してくれ」

「ふん、何様のつもりか知らねえがな、廻り方に減らず口を叩くのは百年早えんだよ。問うているのはこっちのほうだ。重松を何処へやった」

「……し、知らねえ」

「そうかい。なら、耳を貰うぜ」

左手で脇差を抜き、白刃を翳す。

伝助は目を剝き、唇を震わせた。

「言う。言うから待ってくれ……」

勘兵衛は待たず、白刃を耳の付け根にあてがった。

「……と、問屋場だ。荒巻さまに引き渡した」

「そうかい。最初から素直に吐きゃいいんだ」

放してやると、伝助は転がるように逃げていく。

勘兵衛はすっと立ちあがり、腰の刀を抜いてみせた。

大小を両手に握り、手下どもをぐるりと睨めまわす。

「来るなら来い。叩っ斬ってやるかんな」

啖《たん》呵《か》を飛ばし、敷居の手前まで後退る。

見事な手《て》捌《さば》きで両刀を鞘に納めるや、くるっと踵を返して外へ出た。

足早に店を離れると、飛びだしてきた手下どもが背中に罵声を浴びせてくる。

「こんにゃろ、老い耄れ犬め、二度と面を出すんじゃねえぞ」

負け犬の遠吠えにしか聞こえない。

勘兵衛はその足で問屋場へ向かわず、いったん旅籠へ戻ることにした。

荒巻のもとへ直に乗りこんでも、どうせ、はぐらかされるに決まっている。少し離れたところから揺さぶるだけ揺さぶっておけば、相手も警戒して慎重にならざるを得ないだろう。重松の扱いにも気を遣うであろうし、放っておいたほうが何かと都合がよいと判断したのだ。

旅籠に戻ってみると銀次はおらず、おくみが部屋で待っていた。

どうやら、簞笥の奥から重松の書置きをみつけたらしい。

「まんがいちのことを考えていたんだとおもいます」

さっそく、書置きをみせてもらった。

――かきたつのふじ。

と、薄墨で記されてある。

「これだけか」

「謎掛けみたいで、意味がわかりません」

「そうだな」

敵にみつかったときに悟られたくなかったのだろう。

おくみが危うくならぬようにとの配慮にちがいない。

「あのひと、生きておりましょうか」

不安げなおくみに向かって、勘兵衛は確信を込めて言った。

「生きている。そいつはまちがいねえ」

「旦那を信じてもよろしいんですか」

「信じろ。二十年前みてえにな」

「はい」

おくみは素直にうなずき、昨日捕まった六兵衛のはなしをしはじめる。

「どうして、うちの木賃宿であんなことをしでかしたのかって、ずっと考えていたんです。そうしたら、ひとつ思い出したはなしがあって」

「ほう、それは」

三月ほど前に客同士が噂していたはなしだという。

「力自慢の荷役が、同郷の宿場女郎と相惚れの仲になった。将来を誓いあったはずなのに、あるとき、女郎は偶さか挨拶を交わした商家の旦那に気に入られ、囲い者になっちまった。荷役はあきらめきれず、商家の旦那に別れてほしいと頼みこんだが、けんもほろろ、まったく相手にされず、やけっぱちになって博打にのめりこんでいった。そんなはなしです」

「その荷役が六兵衛か」

「商家の旦那が三島屋潮五郎じゃないかと」

しかも、このはなしにはつづきがあると、おくみは言う。

「相惚れだった女郎は流行り病を患い、呆気なく逝っちまったらしいんです」

商家の旦那は世間体を慮り、葬儀もあげてやらなかった。

「そのはなしがまことなら、荷役が恨みを抱いてもおかしくはない。何だか、六兵衛っておひとが可哀相になっちまって、そのはなしを旦那にいの一番でお伝えせねばと」

夕暮れの街道を駆けてきたらしい。

「ありがとうよ。八方塞がりになった六兵衛の事情が、少しはわかったような気もするぜ」

「それじゃ、わたしはこれで」

おくみは重い足を引きずるように去り、入れ替わりに若い文使いがやってきた。

八丁堀から携えてきたのは、もちろん、恋文ではない。

鯉四郎からの言伝だった。

「ん、どれどれ……年番方の筆頭与力から急の密命を申しつけられた。ゆえに、明日の晩にならねばこちらに来ることはできぬか。ふん、律儀なやつめ」

密命なので、詳しい内容は綴られていない。

いっしょに旅籠自慢の料理を堪能しようとおもっていたので、少しがっかりする。

そこへ、血相を変えた銀次が駆けこんできた。

「旦那、てえへんだ。ほとけが川に浮かびやした」

汀《みぎわ》に引きあげられたのは、がっしりしたからだつきの男だという。

「六兵衛か」

「わかりやせん」

取るものも取りあえず、旅籠を飛びだした。

銀次と向かったさきは、目黒川の汀である。

ほとけが六兵衛でないことを祈りつつ、勘兵衛は必死に駆けていった。

五

目黒川に架かる中ノ橋を渡ると、北詰の左手に高札場がある。

高札場の手前に敷かれた筵のうえに、蒼醒めた顔のほとけが仰向けにされていた。

「六兵衛だな」

まちがいなかろう。

顔には青黒い痣がいくつもあり、一見しただけで酷く撲られた形跡が窺える。

勘兵衛は筵のそばに屈み、十手持ちの習性でほとけに触れ、金瘡の有無を調べた。

「銀次、どうおもう」

「金瘡はありやせん。責め苦のせいだな、こりゃ」

宿場役人が責めすぎて死なせてしまい、慌てて屍骸を川に捨てたのだろう。

「ひでえな」

そうだとすれば、静観するわけにはいかない。

できれば、仇を取ってやりたかった。

辺りは暮れかかっている。

目黒川の土手際には、黄色い夕菅《ゆうすげ》が点々と咲いていた。

「まるで、送り火のようだな」

おくみの語った荷役と遊女の逸話を思い出し、切ない気持ちになる。

せめて、あの世で相惚れだった娘と添い遂げてほしいと願った。

野次馬の背後から、騒々しい連中がやってくる。

「退《ど》け退け」

小者たちに先導され、宿場同心の荒巻才次郎があらわれた。

六兵衛に責め苦を与えたであろう張本人だ。

勘兵衛を目敏くみつけ、眦《まなじり》を吊りあげる。

「おいおい、またおめえか。何してやがる」

「検屍だ」

ぶっきらぼうに応じると、荒巻は声を荒らげた。

「勝手なまねをしくさると、ただじゃおかねえぞ」

ぐっと上から覗きこみ、臭い息を吐きかけてくる。

一触即発になりかけたところへ、猪首《いくび》の役人が登場した。

「荒巻よ、ちと落ちつけ」

嗄れた声を掛けられ、荒巻はすっと後退る。

頭を垂れて道を空けると、猪首の男がゆっくり近づいてきた。

宿場の治安を司る与力の大黒平太夫であろう。

肥えた顔は鮟鱇《あんこう》のようだ。

口許に薄笑いを浮かべ、勘兵衛を下から上に睨めあげる。

「おぬし、名は」

「長尾勘兵衛にございます」

「南と北、どっちの廻り方だ」

「南町奉行所にござる」

「名奉行との誉れも高い根岸さまの配下か。ならば、礼儀くらいはわきまえておろう。道中奉行の縄張り内で勝手なまねはできぬはずだ」

「検屍は十手持ちの御役目ゆえ、縄張りは関わりございませぬ」

「ほう、与力に口答えいたすか。世間知らずで駆けだしの若造と同じだな」

「初心を忘れぬよう、常に心懸けております。そのせいで、年より若くみえるのかもしれませぬ」

「老い耄れめ、見掛けのはなしではないわ。青二才のごときおぬしの態度が気に食わぬと申しておるのだ」

「ご気分を害されたとあらば、陳謝いたします。それがしのことなんぞより、ほとけのはなしをいたしませぬか」

「何をはなす」

「検屍をいたせば一目瞭然、この者の死因は行きすぎた責め苦によるものかと」

「ほとけの素姓を存じておるような口振りだな」

「三島屋に荷役として雇われていた六兵衛にございます。それがしが素姓を存じあげる理由は、そちらのご配下にお尋ねください」

　尋ねるまでもなく、すでに、大黒は荒巻から詳しい経緯を聞いているはずだった。

「それで、責め苦が死因なら、どうするつもりだ」

「さあ、どういたしますか。六兵衛を死にいたらしめたのは誰か、まずはそれをあきらかにし、そののち、根岸さまに上申せねばなりますまい」

　大黒は眉をひそめる。

「おぬし、ただの臨時廻りではないな。ひょっとして、根岸さまの隠密か」

「いいえ、ただの臨時廻りでござる」

　にやりと意味ありげに笑ってやると、大黒は小さく舌打ちした。

「おぬし、別件でまいったのであろう」

「よくご存じで」

　眉毛の伝助が使いを飛ばしたとすれば、勘兵衛が重松を捜しているのも知っていておかしくはない。

「何が目的かは知らぬ。されど、宿場じゅうを嗅ぎまわったところで何も出てこぬぞ。悪いことは言わぬ、早々に去るがよい」

大黒は凄味を利かせて睨み、くるっと背を向けた。

荒巻が入れ替わりに身を寄せ、小者たちに指図する。

「屍骸を運べ、ぐずぐずすんな」

六兵衛の屍骸は、戸板に乗せて運ばれていった。

「おい、ほとけはどうなる」

試しに聞いてみると、荒巻はへらへら嗤いだす。

「無縁仏の墓にでも入れてやるさ」

「何もかも、なかったことにするわけだな」

「どうとでも勘ぐりゃいい。どうせ、証しはみつからねえ」

「許さぬぞ」

「ふん、せいぜい粋がってな。でもな、今夜から宿場は忙しくなる。猫の手も借りてえほどでな、おめえなんぞに関わっている暇はねえんだ。あばよ」

遠ざかる荒巻の背中を、勘兵衛はじっと睨みつけた。

ほとけになった六兵衛に、重松のすがたを重ねてしまう。

はたして、今もまだ生きているのかどうか。

おくみには「信じろ」と言っておきながら、生きているという確信が揺らぎはじめていた。

旅籠に戻らずに宿場を歩いていると、さきほどまでとは様相が変わっている。

何処かの家中とおぼしき侍たちが、物々しい恰好で往来を行き来していた。

さっそく、銀次が走りまわり、侍たちの素姓を聞きつけてくる。

「遠江国浜松《とおとうみのくにはままつ》藩五万石、井上河内守《かわちのかみ》さまの御家中だそうです」

「井上河内守さまと言えば、奏者番に就いておられるお殿さまだな」

将軍を支える重臣である。

「数ヶ月前、国許で大地震《おおない》がありやしたね」

「そうだったな」

銀次の何気ない台詞を、勘兵衛は聞きながした。

荒巻の言った「猫の手も借りてえほど」の忙しさと関わりがあるのだろう。

「いってえ、何がおっ始まるのやら」

銀次は不安げに漏らす。

勘兵衛も首をかしげるしかなかった。

六

旅籠の部屋の床の間には、百合《ゆり》に似た萱草《かんぞう》の花が飾ってある。

萱草は忘草《わすれぐさ》の別名でも呼ばれるとおり、愛でるだけで憂いを忘れることができるそうだが、いっこうに憂いは晴れない。

翌朝になっても事情はわからなかった。

どうにか把握できたのは、千代田城のほうから荷駄の一団がやってきて品川宿で馬に乗り換えるということだった。

「問屋場の厩舎《きゅうしゃ》に繋がれた馬は四頭だとか。いったいぜんたい、何を運ぶのやら」

浜松藩井上家の家臣たちが荷駄を守るために集められたとするならば、よほど重要な荷にちがいない。

「銀次、大地震のはなしをしたな」

「ええ、しやしたね」

「ひょっとしたら、それかもしれぬ」

「それと仰ると」

「お助け金さ」

「なるほど」

ぱんと、銀次は膝を打った。

遠江のほうで大地震が発生し、五万石を領する浜松藩は甚大な被害をこうむった。当主の井上河内守は奏者番を務める重臣だけに、公方家斉《くぼういえなり》の口添えなどもあり、公儀からお助け金が下げ渡しになったのだろう。

「するってえと、荷駄の正体は御用金になりやすね」

「ふむ」

勘兵衛は頭のなかで算盤《そろばん》を弾いた。

馬四頭のうちの一頭は予備と考え、三頭が無理なく運ぶことができる重量から推察すると、一頭につき五百両箱四つ分の二千両、三頭で合計六千両という勘定が成りたつ。

少なくとも、御用金の額は六千両におよぶのではないか。

運搬にあたっては、四宿《ししゅく》までは公儀の役人が受けもち、そこからさきは御用金を受けとる藩のほうで受けもつという不文律があった。

「井上さまの家臣たちが集まっているのは、たぶん、問屋場で御用金の受け渡しがあるからだろう」

「ちげえねえ。問屋場で何かあれば、それこそ一大事。だから、荒巻のやつは焦っていやがったんだな」

御用金運搬の日時は極秘にされる。警固は厳重なので、強奪を目論む盗人がいるとはおもえぬが、念には念を入れて、引き継ぎの段取りもごく一部の者にしか報されない。

「銀次、そう言えば、鯉四郎が今晩来るそうだ」

「文にそうありやしたね。あっ……」

銀次は何かに気づき、勘兵衛の顔をまじまじとみる。

「……もしや、御奉行さまの密命ってのは」

「お助け金の警固かもな」

前例があった。南北町奉行所からも腕の立つ同心が一名ずつ助っ人に駆りだされるのだ。

「きっとそうにちげえねえ」

銀次は興奮を抑えきれない。

御用金が無事に問屋場まで到達すれば、鯉四郎の役目は終わる。その足でこちらに合流するつもりなら辻褄は合うし、おもしろいはなしも聞けそうだ。それだけではない。荷駄の到着が今夜だとすれば、宿場役人はそちらに人数を割かねばならぬだろうから、重松の行方捜しの好機が訪れるかもしれなかった。

鯉四郎なら、宿場役人の周囲を彷徨いても怪しまれぬ。できれば事前に会って事情を伝えたいが、それは難しかろう。

問屋場の近くで待ちかまえ、隙をみて文でも渡すしかあるまい。

それまでは、銀次と手分けして地道に探索をつづけるしかなかった。

昼食を過ぎて夕方になると、問屋場周辺に浜松藩の藩士たちが集まってきた。

十や二十の数ではきかない。なかには捕り方装束の者たちもおり、宿場全体が緊張に包まれていくように感じられた。

問屋場の内からは、荒巻のものらしき怒声が響いてくる。

小者たちの手綱を引きしめ、是が非でも不手際を回避しようとしているのだろう。

周辺への立入は禁じられていたが、物見高い野次馬たちも集まってきた。

勘兵衛と銀次は野次馬に紛れ、内の様子を窺う。

小者たちが外に出てきて、正面口に竹柵を立てはじめた。

「旦那、あっちへめえりやしょう」

勘兵衛は銀次に導かれ、裏手の一隅までやってくる。

木枠で覆われた厩舎に、栗毛の馬が四頭繋がれていた。

馬の世話をする小者以外に物々しい連中はおらず、野次馬たちも裏手まではまわってこない。

いずれにしろ、荷は馬に積みかえられるはずなので、木陰から厩舎を見張っていれば御用金を拝めそうな気もする。ただ、勘兵衛たちの目的は御用金ではなく、行方知れずの重松を捜しだすことにほかならない。されど、やはり、問屋場には留め置かれていないようだった。

「あっしは、木賃宿を覗いてきやす」

しばらくすると、銀次は離れていった。

気づいてみれば、日没が近づいている。

「鯉四郎を待ってみるしかないか」

御用金の荷駄が何刻に到着するのかも判然とせぬし、ここはいったん旅籠に戻って英気を養うほうがよいかもしれない。

そうおもって木陰から離れかけたとき、かさっと枯れ葉を踏む音が聞こえてきた。

商家の手代といった風情の男が、別の木陰からあらわれ、厩舎に近づいていく。

そして、ふいに立ち止まり、振り返ってあたりに警戒の目を配りはじめた。

只者ではない。

勘兵衛は息を殺した。

男は厩舎に潜りこみ、しばらく出てこない。

ぶるると、馬たちが胴震いしたようだった。

陽が落ちると同時に、男が厩舎から出てくる。

急ぎ足で薄暗がりの向こうへ遠ざかっていった。

勘兵衛は木陰を離れ、男の背中を慎重に追いかける。

表通りには野次馬が群がっており、もう少しで見失いそうになった。

ただ、そこは長年の経験が物を言い、すぐにそれらしき背中をみつけた。

男は目黒川に架かる中ノ橋を渡り、北品川の北端に向かって足早に進む。

御殿山を左手においたあたりで、辺りはすっかり暗くなった。

街道沿いに並ぶ建物には灯りが点り、海上に目を向ければ漁り火が閃いている。

男のすがたが街道から消えた。

消えたさきは、右手に並ぶ商家のひとつだ。

慎重に歩を進め、勘兵衛は通りの反対側で足を止めた。

屋根看板を見上げる必要もない。

廻船問屋の三島屋であった。

「怪しいな」

隣の商家に近づき、脇道から裏手へまわりこむ。

桟橋のほうで動きがあった。

繋がれた荷船のうえに、斑馬《まだらうま》が一頭乗せられている。

しばらく眺めていると、荷船は海上を南へ進みはじめた。

船足が速すぎて、艫《とも》灯りを追うことはできそうにない。

「どういうことだ」

胸騒ぎを禁じ得なくなる。

今から身ひとつで三島屋に踏みこんでも、相手の意図を探ることはできまい。

何かが起きるまで待つ以外に手はなさそうだ。

焦れったいおもいを抱えたまま、勘兵衛は『伊勢浜』に戻ってきた。

今宵、問屋場の周辺で何かとんでもないことが起きるかもしれない。

宿場役人に警戒を促すべく、何度も部屋をあとにしかけたが、そのたびに大黒や荒巻の顔が頭に浮かんで足を運ぶ気力が萎えた。

やがて、銀次が手ぶらで戻ってくる。

さらに、亥ノ刻を過ぎた頃、鯉四郎が埃まみれであらわれた。

「義父上、遅くなりました」

「おう、来たか」

まともに口がきけぬほど疲れきり、腹も減っているようなので、旅籠の女将に頼んで握り飯と香の物を運んでもらう。

「明日は海鮮の網焼きだ。今宵はそれで我慢しろ」

「充分にございます」

女将が気を遣って潮汁《うしおじる》も出してくれたので、鯉四郎はそれで満足のようだった。

勘兵衛は逸《はや》る気持ちを抑えかね、肝心の問いを口にする。

「ところで、御役目は無事に済ませたのか」

「ええ、それはもう」

鯉四郎は誘いに乗りかけ、唐突に口を噤《つぐ》む。

勘兵衛は微笑んだ。

「わかっておる。密命の中味を口にできぬことはな。されど、察しはついておった。浜松藩へのお助け金を運んでまいったのであろう」

「どうしてそれを」

「宿場におれば見当はつくさ。わしを誰だとおもうておる」

「さすがですな」

「額は六千両ほどか」

「ぴったりにござります」

これには、銀次も驚いた。

「まさか、当てちまうとはね。それにしても、ご無事にお引き渡しができてようござんした」

銀次は胸を撫でおろし、鯉四郎は誇らしげな顔をしたものの、勘兵衛だけは訝《いぶか》しげに考えこむ。

「義父上、何か心配事でも」

「ふむ、ちとな」

問屋場まで運ばれた御用金は受け渡しを済ませたのち、浜松藩井上家の家臣たちが身を寄せる脇本陣へいったん運びこまれ、早朝になってから問屋場で馬に積みかえられるようだった。三頭の馬に積まれた御用金は家臣たちに守られ、街道を西へ向かう。つぎの川崎宿までは二里十八町だが、川崎宿の手前で六郷《ろくごう》川の渡しを渡っていかねばならない。

移送の道筋を脳裏に描きつつ、勘兵衛は溜息を漏らす。

一大事が勃こるとすれば、川崎宿にいたるまでのあいだかもしれぬ。

「どういうことにござりましょう」

鯉四郎が膝を乗りだしてきた。

「まさか、お助け金が何者かに強奪されるとでも」

「勘が良いな」

勘兵衛は弱々しく微笑んだ。

重松のこともふくめて、鯉四郎には順序立てて今日までの経緯を説いておかねばなるまい。

七

翌朝、宿場の風景は一変していた。

家々の大屋根には短冊竹が立てられ、吹き流しや色紙の網や数珠繋《じゅずつな》ぎの酸漿《ほおずき》、瓢箪《ひょうたん》や西瓜や算盤や大福帳などが風に閃いている。一方、裏長屋では住人総出の井戸洗いがおこなわれ、手習いの子どもらは懸命に硯を洗っていた。

そうした風景を眺め、ああ今日は七夕なのだと、あらためて気づかされる。

問屋場の周辺が騒がしくなったのは、正午に近い頃合いだった。

浜松藩井上家の一団が、荷を失った四頭の馬とともに舞いもどってきたのである。

曇天のもと、辺りは騒然としていた。

「御用金が盗まれたぞ」

「お助け金が何処かに消えたらしい」

野次馬どもが口々に叫ぶなか、勘兵衛たちも問屋場までやってきた。

「責めを負うのは、貴藩でござろう。われら宿場役人に落ち度はない」

声を荒らげているのは、同心の荒巻才次郎である。

顔を怒りで朱に染めた相手は、井上家のお偉方にちがいない。

「どちらが責めを負うかではない。お助け金は棒鼻の手前ですり替えられた。今はたがいに力を合わせ、お助け金の行方を追うのが先決じゃ」

「人を出せと仰せか」

「あたりまえであろうが」

「ならば、腰を低くして頼むのが筋ではないか」

「何じゃと、木っ端役人のくせに、つけあがるのもいい加減にせい」

罵《ののし》りあいは果てもなくつづき、肝心の探索は滞っている。

銀次が事の経緯を探ってきた。

「井上家の連中が言うには、今朝方、問屋場から馬を連ねて出発した直後、南品川宿の終わりに近い辺りで、妙な出来事があったそうです」

「妙な出来事」

勘兵衛は首をかしげ、一行のたどった経路を頭のなかでたどりはじめた。

棒鼻に近い諏訪《すわ》社を過ぎたところで、右手斜めに脇道がみえてくる。百姓地や青物市場に通じる緩やかな上り坂で、青物横町と名付けられているのだが、突如、坂の上から一頭の暴れ馬が隊列に突っこんできたのだという。

縦一列に並んだ四頭の栗毛もすぐさま反応し、浜松藩の隊列は乱れに乱れた。

そこへ、行く手のほうから運悪く、百姓たちが四頭の馬を引いてきた。それら四頭も交ざって八頭の栗毛が往来を跳ねまわり、馬の後ろ足に蹴られて怪我人が続出するほどの大騒ぎとなった。

しばらくすると、ようやく騒ぎは収まり、百姓たちの巧みなさばきによって、栗毛の馬はふたたび四頭ずつに分かれ、お助け金の一団は何事もなく進みはじめた。

間抜けな藩士たちが異変に気づいたのは、半刻余りののち、六郷川の渡しまでやってきたときのことだ。馬から荷を降ろした途端、転げおちた木箱の蓋が開いた。なかから出てきたのは小判ではなく、石ころであったという。

血相変えた藩士たちはすべての木箱を開けてみたが、詰められていたのは石ころだった。

そこでようやく、棒鼻の手前で百姓に化けた盗人一味によってすり替えられたと合点し、あたふたとしながら問屋場へ取って返したのである。

「ふうむ」

勘兵衛は唸った。

銀次のはなしを聞いたところでは、やはり、井上家の連中が見立てたとおり、御用金を運んでいた四頭の栗毛と百姓たちの引いていた四頭の栗毛が巧みに交換されたとしかおもわれなかった。

それができたとするならば、巧妙な仕掛けの手妻をみせられたようなものだ。盗人一味はお助け金を奪ったあと、半日近くも相手に気づかれなかったことになる。見事すぎるやり口に感嘆せざるを得ない。

勘兵衛は、暴れ馬のことが気になった。

「その馬は栗毛か」

「いいえ、斑だったそうでやすよ」

「ほう、斑馬か」

かたわらから、鯉四郎が尋ねてくる。

「義父上、斑馬がどうかなされましたか」

「昨日の日没頃、その馬を見掛けたかもしれぬ」

「えっ、何処で」

鯉四郎と銀次が同時に声をあげた。

勘兵衛は落ちつきはらってこたえる。

「廻船問屋の桟橋で荷船に積まれておった。行く先は南だったな」

「その斑が暴れ馬だったとしたら」

「廻船問屋の三島屋が怪しいってことになる」

「義父上、当たってみますか」

「そうだな。されど、直に当たっても得られるものはなかろう。とりあえずは三島屋を見張るしかないな」

「かしこまりました」

鯉四郎と銀次はさっそく、三島屋のある北品川宿へ向かう。

勘兵衛も問屋場を離れ、ふたりのあとをのんびりと追いかけた。

目黒川の手前で海を眺めると、雲の割れ目から一条の光が射しかけている。

じつに壮大な景色に見惚れていると、猟師町のほうから誰かが声を掛けてきた。

「おうい、お役人」

重松を知っている老いた漁師だった。

「ちと、つきおうてくだされ」

誘われるがままに、洲崎の先端へ向かう。

日焼けした皺顔の漁師は、名を与吉《よきち》といった。

「おめえさん、うぽっぽの旦那だろう」

「ん、ひょっとして、重松に聞いたのか」

「ああ、そうだ。おめえさんのことを、えらく持ちあげていた。だからってわけじゃねえが、おもいだしたことがあってな、そいつを伝えておこうとおもったのさ」

与吉は桟橋の突端まで行き、海上のほうを指差した。

すでに雲は閉ざされ、陽は射しこんでいない。その代わり、沖に碇泊する樽廻船がくっきりみえた。

「三隻おるじゃろう。あのうちの一隻は、十日前からあそこに碇《いかり》を下ろしておる。重松は眸子を細め、あの樽廻船を日がな一日眺めていたのさ」

どうして飽きもせず、その樽廻船だけを眺めていたのだろうか。

「垣立があんだろう。目を細めると、文字が浮かんでみえねえか」

「ん、どれどれ」

はっきりとはわからぬが、格子に組まれた垣立の一部から「不二」という文字が浮きあがっているようにみえた。

「そのとおりさ。おれも重松に言われるまでは気づかなかったが、ありゃ『不二』にちげえねえ」

元の所有者だった船主の号が『不二屋』なのだという。

江戸と大坂を頻繁に行き来していた樽廻船であったが、今から三年前に駿河《するが》沖で時化《しけ》に見舞われ、積み荷もろとも沈没したとされていた。船主の『不二屋』は荷主でもあったために大損し、店をたたまざるを得なくなり、この世から『不二屋』は消えたのである。

「ところが、沈没したはずの樽廻船がどうしたわけか、あそこに堂々と碇をおろしていやがる。垣立に『不二』の屋号を隠したのは、たぶん『不二屋』のご主人が遊び心でやったことにちげえねえ。誰もそんな逸話は知らなかったし、知っていたとしても気づかなかった。ところが、ひとりだけ垣立の屋号に気づいたやつがいた」

「重松か」

「そうさ。おれは重松のはなしを聞いたあと、樽廻船のそばまで船を漕いでいった。上手に艤装《ぎそう》し直されていたがな、艫のかたちにみおぼえがあった。まちがいねえ、こいつは駿河沖で沈んだはずの『不二屋』の樽廻船だって察したのさ」

与吉のはなしを聞きながら、勘兵衛は渇いた喉に唾を落としこんだ。

嗄れた声で肝心な問いを発する。

「あの樽廻船、今の持ち主は誰なんだ」

「三島屋潮五郎よ。あの船に乗る船頭の守蔵《もりぞう》はおっかねえ顔の男でな、漁師仲間のあいだじゃ海賊あがりじゃねえかって言われてらあ」

頭を整理しなければならない。

三島屋が時化で沈んだはずの樽廻船をあたかも持ち船であるかのように使い、江戸と上方を往復させては利益をあげている。それが事実だとすれば、そもそも、不二屋の樽廻船は沈んでいなかったことになる。海賊に襲われて積み荷もろとも奪われ、表向きは沈んだことにされたのかもしれない。

三年前と言えば、三島屋が品川宿に店を構えた頃だ。高額な樽廻船を只同然で手に入れたことで、商売を軌道に乗せたのではあるまいか。誰かから購入したのでないとすれば、考えられることはひとつ、三島屋自身が駿河沖で不二屋の樽廻船を積み荷ごと強奪したことにならぬだろうか。

つまり、三島屋自身が海賊働きをしていたか、今もしている公算が大きい。もしかしたら、手持ちの樽廻船はすべて、沈没船にみせかけて強奪した船かもしれなかった。

いずれにしろ、三島屋は不二屋の持ち船だった樽廻船に艤装を施し、何食わぬ顔で江戸と大坂を行き来させている。ところが、垣立に隠された屋号にまでは気づかなかったのだろう。そもそも、以前の持ち主がそのような遊びを船に施したことなど、おもいもしなかったにちがいない。

ところが、重松は気づいた。

沖の樽廻船を偶さか眺めていたら、垣立の狭間に不二の字が浮かびあがってきたのだろうか。

おくみに宛てた書置きの文言をおもいだす。

——かきたつのふじ。

あれはまさに、垣立に隠された元船主の屋号にちがいあるまい。

重松は盆のまえに八丁堀へやってきて、綾乃に「とんでもねえ連中の尻尾を摑んだ」と言付けていった。「とんでもねえ連中」とは樽廻船を盗んだ海賊どもにほかならず、三年前に沈んだはずの樽廻船をみつけたことが「尻尾を摑んだ」ことなのではなかろうか。

証しとなるものはないが、勘兵衛は確信した。

「与吉、樽廻船のそばに近づいたと言ったな」

「へえ」

「今宵、わしを乗せて、もう一度行ってはくれぬか」

夜の海に漕ぎだすには、年を取りすぎているのかもしれない。

だが、誇り高き品川の漁師は、勘兵衛の申し出を待っていたかのように、平気な顔でうなずいてくれた。

八

盗まれたお助け金は何処へいったのか。

夕刻、事態は予想だにしない展開をみせた。

宿場役人が総出で、重松とおくみが営む木賃宿の手入れをおこなったのである。

「てえへんです」

銀次から急報を受け、勘兵衛は鯉四郎と棒鼻のさきへ向かった。

「いってえ、どういうことだ」

木賃宿は捕り方に囲まれ、なかの客たちも出られぬようになっている。

騒ぎを聞いて、浜松藩井上家の家臣たちも集まってきた。

どうやら、何者かの訴えがあったらしい。

訴えの内容を知り、勘兵衛は驚愕した。

何と、木賃宿は盗人宿にほかならず、お助け金を強奪した盗人一味の首魁《しゅかい》は重松だというのである。

おくみはもちろんのこと、寛《くつろ》いでいた客たち全員に疑いが掛けられていた。

さすがの勘兵衛も冷静さを保てなくなる。

六尺棒を持った小者たちを退かし、鯉四郎と木賃宿のなかへ踏みこんでいった。

すでに、おくみや客たちは後ろ手に縛られ、囲炉裏のまわりに座らされている。

「証しはあがっておる。首魁の重松は何処だ。盗んだお助け金は何処へやった」

声を荒らげているのは、荒巻才次郎にほかならない。

隣で床几《しょうぎ》に座るのは、陣笠をかぶった大黒平太夫であった。

口をへの字にまげた鮟鱇顔が、おくみを睨みつけている。

勘兵衛は黙って近づき、大黒に向かって軽く頭をさげた。

「失礼つかまつる」

やにわに、荒巻が怒鳴りつけてきた。

「おめえが何でここにいる。勝手なまねをすると、承知しねえぞ」

「生憎《あいにく》だが、わしらもお助け金の行方を追わねばならぬ。御役目ゆえ、出ていくわけにはまいらぬのだ」

「何を偉そうに」

追いだしに掛かる荒巻を、大黒が制した。

「そっちの若いほうには、みおぼえがある。おぬしはたしか、お助け金の警固役であったな」

鯉四郎は胸を張った。

「いかにも。それがし、南町奉行所定廻りの末吉鯉四郎にござる。根岸肥前守さま直々の御命により、盗まれたお助け金を取りもどさねばなりませぬ」

「なるほど、そういうことか。されど、おぬしらの手を煩わせるまでもなかろうよ。何せ、動かぬ証しをみつけたのだからな。荒巻、例のものをみせてやれ」

「はっ」

荒巻は懐中に手を入れ、木札を取りだしてみせた。

――御用金。

とある。

葵《あおい》紋が焼き印された木札には、鯉四郎もみおぼえがあった。

「その木札がな、木賃宿の内証からみつかったのよ。もはや、言い逃れはできまい」

すかさず、おくみが叫んだ。

「何かのまちがいです。うぽっぽの旦那、誰かが嵌めようとしているのにちがいありません」

「おい、女を黙らせろ」

荒巻に命じられた小者が、おくみの頭を平手で叩いた。

勘兵衛は、ぎりっと奥歯を嚙みしめる。

大黒が眉をひそめた。

「うぽっぽの旦那というのは、おぬしのことか」

「いかにも」

「木賃宿の主人夫婦と知りあいではなかろうな」

「知りあいなら、どうなさる」

「裏の事情を知っているかもしれぬ。事と次第によっては、おぬしにも縄を打たねばなるまい」

これには、鯉四郎が激昂《げっこう》した。

「縄を打つようなら、覚悟を決めていただきますぞ」

「ほう、どう覚悟を決めろと」

大黒の誘いに乗り、鯉四郎は刀の柄に手を添えた。

勘兵衛はかえって冷静になり、義理の息子を背に庇う。

「ご無礼は平にご容赦を。大黒さま、ひとつお伺いしてもよろしゅうございますか」

「何だ」

「木賃宿を訴えたのは、誰にございましょう」

「さようなこと、おぬしに教えられるとおもうか」

「お教えいただけぬようなら、わたしのほうから申しあげましょう。廻船問屋の三島屋潮五郎ではございませぬか」

大黒は少しも動じず、荒巻のほうがぎくりとする。

勘兵衛は見逃さなかった。

「やはり、そうでござったか」

「やはりとは、どういうことじゃ」

「昨日の夕刻、三島屋の手代らしき男が問屋場の厩舎に潜りこんでおりました。おそらく、四頭の馬が同時に驚くような仕掛けでも施したのでござろう。それだけではありませぬぞ。手代の背中を尾けていったところ、三島屋の桟橋から一艘の荷船が纜《ともづな》を解かれましてな、荷船には何と斑馬が一頭乗せてござりました。何でも、棒鼻の手前でお助け金が奪われた際、きっかけになったのは青物横町の坂上から突っこんできた斑馬であったとか。大黒さま、木賃宿ではなく、三島屋のほうをお調べになってはいかがでしょう。それとも、日頃から繋がりが深いだけに、三島屋は調べられませぬか」

「ふん、黙って聞いておれば図に乗りおって、臨時廻りの指図など受けぬわ」

大黒は勘兵衛を無視し、小者どもに命じた。

「それ、そこにおる者たちを引っ立てい」

「お待ちくだされ。かような無謀が罷《まか》り通るとお思いか」

「うぽっぽとか申したな。言い分があれば、問屋場で聞いてやる」

ここで刀を抜き、役人同士でやりあえば、善悪に関わりなく、双方とも罰せられるにちがいない。

勘兵衛は鯉四郎を自重させ、みずからも怒りを鎮めねばならなかった。

できることと言えば、項垂れたおくみの肩を摑み、かならず助けてやるから、少しのあいだ耐えるようにと、低声で力づけてやるだけだ。

おくみと客たちは罪人の扱いを受け、問屋場のほうへ引かれていった。

外で様子を窺っていた銀次が、膨れ面で近づいてくる。

「くそっ、こいつは三島屋の謀事《はかりごと》にちげえねえ。ひょっとしたら、重松はこのときのために拐かされたのかもしれやせんね」

なるほど、銀次の言うとおりだとすれば、少なくとも重松は今も生かされていることになる。せめて、そうであることを祈りつつ、勘兵衛は日没間近の街道を足早に戻りはじめた。

九

今から五年ほど前になろうか、上方でその名を轟《とどろ》かせた荷船荒らしがいた。

——刺羽《さしば》の潮八《ちょうはち》。

刺羽は鷹の一種、鼠などを捕食する猛禽である。

潮八の名を思い出したのは、夕陽の溶けだした海上に群れ飛ぶ海鳥を眺めていたときだった。

白い群れを裂くように飛来した黒い影が、嘴《くちばし》の尖った刺羽にほかならなかった。

刺羽が遠ざかっていく向こうには、垣立に「不二」の屋号を浮かびたたせた樽廻船が浮かんでいた。

はたして、三島屋潮五郎の正体は刺羽の潮八なのであろうか。

重松とおくみは五、六年前、何度か盆暮れの挨拶に訪れない年があった。あとで聞いたところでは、上方のほうで暮らしていたという。

ひょっとしたら、その頃、重松は潮八を何処かで見掛けていたのかもしれない。

もちろん、不二屋の樽廻船が沈んだはなしも知っていたのだろうし、樽廻船が海上で強奪されたのかもしれないという疑いも抱いていた公算は大きい。

それゆえ、偶さか沖に停泊する樽廻船の垣立に「不二」の屋号をみつけたとき、もしやとおもってしまったのだろう。さっそく、重松は船主の顔を窺いにいき、潮五郎と潮八が同じ人物だと合点した。居ても立ってもいられなくなり、木賃宿を飛びだして勘兵衛のもとを訪ねた。ところが、運悪く留守だったので、綾乃に「とんでもねえ連中の尻尾を摑んだ」という言伝を残したのだ。

ところが、探りを入れていることは、相手方にばれていたにちがいない。重松は八丁堀から戻ってくる途中、眉毛の伝助の手下どもに拐かされた。伝助は重松の身柄を宿場役人の荒巻に渡したが、その身柄を荒巻から受けとったのは、ほかならぬ潮五郎であったのだろう。

すべてが三島屋潮五郎と名乗る大悪党の差し金だったとすれば、重松が行方知れずになったことの説明はつく。

勘兵衛は頭のなかで筋書きを描きながら、暮れなずむ海上を睨みつけた。

沖に碇泊する樽廻船は、もはや、黒い塊でしかない。

「あの船に、重松はいる」

と、確信を込めて吐きすてた。

自分が潮八なら、そうするだろうとおもっただけだ。

大黒か荒巻からお助け金が問屋場に運ばれるはなしを聞き、潮八は強奪しようとおもいたった。策を練り、まんがいちのときは、重松を盗人一味の首魁に仕立てようとしたのだろう。

おそらく、大黒たちは潮五郎と名乗る得体の知れぬ悪党に疑いを抱きながらも、知らぬふりを決めこむ腹にちがいない。潮八としては自分の身代わりになる盗人を用意し、大黒たちの顔を立ててやらねばならぬ。そうした各々の思惑が、木賃宿の手入れに繋がったのだ。

一見すると無謀にみえて、よく練られた策であった。

宿場を預る役人が動けば、外の者は文句のつけようがない。

捕まった者たちは過酷な責め苦を受け、やってもいないことをやったと白状させられるのである。事と次第によっては、荷役の六兵衛のように屍骸になってしまう恐れも否めなかった。

勘兵衛は拳を握りしめた。

思い描いた筋書きどおりだとすれば、断じて許すことはできない。

御用金を強奪したであろう潮八はもちろん、大黒や荒巻ものさばらせておくわけにはいかなかった。

銀次を宿場に残し、勘兵衛は鯉四郎とともに小舟に乗った。

船頭は白髪頭の与吉である。

幸い海は凪いでおり、南寄りの雲間には半月もみえた。

三人はひとことも喋らず、正面に浮かぶ黒い塊をみつめている。

しばらく漕ぎすすむと、小山のような黒い塊が眼前に迫ってきた。

やはり、桟橋で遠望しているのとはわけがちがう。踏みこんではいけない険しい山の麓に立ったような錯覚をおぼえた。強気が信条の鯉四郎も、樽廻船の迫力に呑みこまれてしまったかのようだ。

「おめえさんら、乗りこむつもりなんだろう」

与吉が笑いかけてきた。

「だったら、宿場役人のふりをするっきゃねえな」

船舷《せんげん》と海面が接するところに浮き桟橋が設《しつら》えてあり、そこに横付けすることはできるという。

あとは船舷に張られた投網を伝って、垣立の縁までよじのぼるしかない。相手に気づかれたら棒で突きおとされるだけのはなしなので、あらかじめ宿場役人であることを告げておいたほうがよいと、与吉は教えてくれた。

「吉を与えるってのが、おれの名だ。信じて損はねえぞ」

たしかに、相手に宿場役人だと信じこませれば、重松の居場所を聞きだすのも容易かろう。

勘兵衛はどうするか迷っていたのだが、与吉のことばが背中を押してくれた。

気づいてみれば、小舟は浮き桟橋に近づいている。

鯉四郎と顔を見合わせ、飛び移る姿勢をととのえた。

「待て、ひとりずつだ。慎重にな」

与吉の合図で、まずは鯉四郎が飛び移る。

つづいて、勘兵衛も飛んだ。

桟橋の端に片足を引っかけた途端、尻餅をつきそうになる。

「うわっ」

鯉四郎に腕を摑まれ、強引に引きよせられた。

「ふう、危ういところだった」

与吉は小舟の端で笑っている。

「半刻だけ待ってやる。それ以上は待てねえぞ」

「よし、わかった」

勘兵衛はうなずき、舷《ふなべり》を見上げる。

まるで、そそり立つ急峻《きゅうしゅん》な崖であった。

「ん、誰かおるぞ」

遥か上方から声が聞こえ、龕灯が照射される。

「おうい、問屋場から参った。今から登るから、上にあげてくれ」

勘兵衛が叫ぶと、水夫の声が返ってきた。

「よし、登ってこい」

勘兵衛は投網に取りついたが、刀が異様に重く感じられた。

「どうせ、刃引刀だ」

帯から大小を鞘ごと抜き、小舟のほうへ抛る。

十手だけは背帯に差し、どうにか登りはじめた。

一方、鯉四郎は大小を帯に差したまま力強く登り、途中で勘兵衛が休むと、下から尻を支えてくれた。

ふたりはどうにか登りきり、水夫たちに助けてもらって船上へ乗りこんだ。

奈落の底を振りかえれば、股間が寒くなってくる。

小舟の上では、豆粒のような与吉が手を振っていた。

「あんたら、何しにきた」

やにわに、匕首《どす》の利いた声が耳に飛びこんでくる。

目をやると、髭面の大男がぎょろ目を剝いていた。

船頭の守蔵であろう。

おそらく、潮八の右腕にちがいない。

「あんたら、見掛けねえ顔だな」

「助っ人だ。わしらは大黒平太夫さまの命でまいった」

「急用か」

「ああ、そうだ。存じておろう、お助け金が何者かに奪われた。三島屋の訴えで、木賃宿の盗人どもを捕まえたが、肝心の首魁がまだ捕まっておらぬ」

「その首魁とやらを受けとりにきたのか」

「まあ、そういうことだ」

守蔵は訝しげな顔をする。

「そいつがこの船に乗っているかどうかは、わからねえぜ」

「三島屋が大黒さまに囁いたそうだ。頃合いをみて、樽廻船へ向かってほしいとな」

「今がその頃合いだと」

「おぬし、疑っておるのか」

「あたりめえだ。顔も知らねえやつらに、でえじな人質を渡すわけにゃいかねえ」

やはり、重松は船内に繋がれている。

それがわかっただけでも、乗りこんだ甲斐はあったというものだ。

勘兵衛は肩の力を抜き、にっこり笑った。

「こっちも手ぶらで帰るわけにはいかぬ。大黒さまの顔を潰すことになるからな」

「よし、若いのを船に置いていけ。何かあったら、そいつの命を奪う。嫌なら、人質は渡せねえ」

「承知した」

勘兵衛ではなく、鯉四郎がきっぱり応じた。

守蔵は口端を吊って笑う。

「大小を寄こせ。ついでに、背中の十手もな」

鯉四郎は仕方なく、言われたとおりにした。

抜け目のない男だ。

「よし、それでいい」

守蔵は手下どもを呼びつけ、人質を連れてくるように命じた。

手下はなかなか戻ってこない。

勘兵衛は守蔵に笑いかけた。

「まさか、お助け金もこの船に隠しておるのではあるまいな」

咄嗟の問いかけに、強面の船頭は口をへの字に曲げる。

不意打ちを食らい、上手に取り繕うことができないのだ。

「ふふ、戯れ言だ。気にいたすな」

勘兵衛は内心でほくそ笑む。

ちっと、守蔵は舌打ちをした。

ようやく、先導役の手下が甲板にあがってくる。

緊張の面持ちで待っていると、船尾寄りの穴蔵から人影があらわれた。

後ろ手に縛られた男は蹌踉《よろ》めきながらも、どうにか自分の足で歩いてくる。

手下どもに背中を小突かれ、途中で転びそうになった。

弱っているのは、みればすぐにわかる。

だが、重松であることはあきらかだ。

勘兵衛は疳高《かんだか》い声をあげた。

「ほう、あれが噂の大悪党か。御用金を奪うとは太え野郎だ」

重松は立ち止まり、怖ず怖ずと歩きだす。

助けにきたことを察してくれたにちがいない。

「さあ、連れてきてやったぜ」

守蔵が嘲るように笑った。

重松は我慢できず、目に涙を溜めている。

勘兵衛はすっと身を寄せるや、重松の頬に平手打ちをくれた。

——ばしっ。

首まで飛びそうな勢いだ。

顔をあげた重松は鼻血を垂らす。

「まったく、世話の焼ける悪党だぜ」

勘兵衛は横を向き、ぺっと唾を吐きすてた。

こうでもせねば、ふたりの関わりを気づかれてしまいかねない。

重松もわかってくれるだろう。

「おめえさん、ひとりで大丈夫か」

守蔵に言われ、勘兵衛はうなずいた。

「こうみえても、十手持ちだからな。案ずるにはおよばぬ」

「でもよ、こいつの縄は解かねえほうがいいぞ」

「縄を解かずに、どうやって浮き桟橋に下りればよいのだ」

「手助けしてやるさ」

守蔵は手下どもに投網を持ってこさせた。

そして、勘兵衛に網の上に乗れと言う。

「おめえさんがさきだ。下についたら、こいつを下ろす」

なるほど、網に包んで下ろすつもりのようだ。

「よし、わかった」

勘兵衛はうなずき、網の上に乗った。

まるで、捕獲された魚の気分だ。

網に包まれて舷から下ろされる瞬間、鯉四郎と目顔で合図を交わす。

頼むぞ。

潮八を捕まえたあと、かならず助けに来るからな。

胸の裡に繰りかえし、網に包まれた状態で垣立を乗りこえる。

「ほら、落とせ」

水夫たちの楽しげな掛け声とともに、網ごと宙に放りだされた。

そろそろと下ろしてくれるのかとおもったが、甘かったようだ。

勘兵衛を包んだ投網は、とんでもない速さで急降下していった。

十

漆黒の海に一筋の艫灯りが尾を曳いている。

与吉は船尾に立ち、黙々と艪《ろ》を漕いでいた。

重松はかなり痛めつけられたようだが、気持ちはしゃんとしている。

勘兵衛はお助け金が強奪された経緯をはなし、おくみと木賃宿の客たちが捕まったことを告げた。

重松はしょぼくれた茄子のように項垂れる。

しかも、自分が盗人一味の親玉に仕立てられたと知り、力無く笑うしかなかった。

「旦那まで巻きこんじまって、情けねえはなしでやす。婿さんは大丈夫でやしょうか」

「あいつは心配ねえ。いざとなりゃ、船頭ひとりをどうにかすりゃいいんだ。むしろ、危ういのは守蔵のほうさ」

「だとよろしいんですが」

重松は昏い海面に目を落とす。

勘兵衛は声を張った。

「情けなくおもうことなんざ、微塵《みじん》もねえんだぞ。おめえのおかげで、宿場の芥《あくた》を総浚いできる。しかも、大悪党を網に掛けることができそうだ。三島屋潮五郎は、刺羽の潮八なんだろう」

重松はうなずいた。

「さすが、うぽっぽの旦那だ。たぶん、江戸表のお役人で潮八の名をご存じの方は、ほかにおられやせんぜ」

「上方じゃ、けっこうな大物だったらしいな」

「大物も大物、あっしなんぞはそばに近づけもしねえ、雲の上の大悪党でさあ」

「ところが、おめえは潮八と面識があった、しかも、盗人としての力量を買われていたんじゃねえのか。さもなきゃ、自分の身代わりには仕立てられねえだろうよ」

「仰るとおり、大坂にいた頃、昔馴染みから会ってほしいと頼まれました。裏のお盗《つと》めに誘われるとはつゆ知らず、船場《せんば》の料理茶屋に行ってみると、眉間に刃物傷のあるひょろ長え優男が座っていやがった。そいつが潮八でやした。中之島にある雄藩の蔵屋敷に忍びこみ、千両箱を奪おうとおもっている。ついては錠前破りの腕を貸してほしいと、平気な顔で言いやがった」

　重松は錠前作りを天職にしていたし、たいていの錠前は破ることもできた。それを知るむかしの仲間が潮八に耳打ちし、仲介役を引きうけたのであろう。

「あっしは旦那に諭していただいたおかげで、どうにか足を洗うことができたんだ。今さら、聞く耳を持つはずがありやせん。でも、断ったらその場で殺られていたにちげえねえ」

　諾して家に戻るや、晩のうちにおくみと大坂を抜けだしたという。

　ところが、それから数年経って品川宿に身を落ちつけ、木賃宿のほうも軌道に乗りだしたつい先日、重松は沖に碇泊する樽廻船の垣立に『不二屋』の屋号が浮かんでいるのをみつけた。

「不二屋さんは大坂の廻船問屋。船場の並みいる旦那衆のなかでも顔役で、面倒見のよい太っ腹なお方でした」

　重松はひょんなことで知りあい、可愛がってもらったのだという。それだけに、駿河沖で持ち船が沈んで商売ができなくなったときは心を痛めた。垣立を眺めて三年前に沈没したはずの樽廻船ではないかと疑ったのは、不二屋への思い入れが深かったからかもしれない。

「さっそく今の船主を調べてみると、廻船問屋の三島屋潮五郎だった。何やら胸騒ぎを感じやしてね。潮五郎はめったなことでは人前にすがたをみせやせん。朝から晩まで店を張りこみ、ようやくすがたを見掛けたときは、心ノ臓が止まりそうになりやした」

　潮五郎が潮八だと合点したのだ。

「三年も気づかなかったなんて、情けねえはなしでやす」

　長大な宿場の端と端に分かれており、見掛ける機会もなかったのであろう。樽廻船の垣立に気づかなければ、ずっと知らずに済んだかもしれない。

「三島屋の正体を見抜いたその晩、おくみと夜逃げをするつもりでおりやした。でも、常日頃から女房と交わしていることばを思い出しちまったんです。『他人様に自慢できるような人生を送ってこなかったから、死ぬめえにひとつくれえは善行をやりてえな』って、うぽっぽの旦那の顔を思い浮かべながら、あいつとはいつもはなしていた。鼻先には商人に化けた大悪党がいる。そいつを放っておく手はねえ。悪党を訴えるのも善行だ。今がその好機なんじゃねえかって、そうおもったら矢も楯もたまらず、旦那のところへ向かっておりやした」

　潮八はおそらく、誰かに見張られているのに感づいたのだろう。

眉毛の伝助を使って宿場に網を張り、怪しい男を拐かしてみたら、何と大坂で逃した錠前破りの重松だった。すぐに殺めなかったのは、使い道があるかもしれぬと考えたからにちがいない。

「まさか、あっしを自分の身代わりにするとは、おもいもよりませんでした」

「たぶん、宿場役人の大黒や荒巻は、潮五郎が潮八だとは気づいちゃいめえ。ただ、御用金を奪った張本人じゃねえかと疑ってはいる」

「あいつらは屑《くず》でやすよ。御公儀への義理なんざこれっぽっちもねえし、金轡を咬ませれば何だってやる。あっしらに濡れ衣を着せることなんざ朝飯前だし、責め苦で罪のねえ者を平気で殺めたりもする」

「おめえが捕まれば、お助け金強奪の一件は落着、おくみも木賃宿の客たちも斬首になるだろうよ。それでやつらの顔も立つ」

　お助け金が戻らずとも、浜松藩井上家の連中は泣き寝入りするしかない。御用金が盗まれたことが公儀に知られれば、公金を強奪された藩のほうにも落ち度があったとみなされ、運搬に携わった者ばかりか、重臣たちも責を負わねばならなくなる。それを避けるには下手に騒ぎたてず、何事もなかったことにするしかない。可哀相なのは、お助け金を頼りにしている領民たちであろう。

狡猾な潮八はそこまで見越したうえで、大胆な盗みを企てたにちがいない。

「ふん、まんまとやりおおせたつもりだろうが、この宿場に長尾勘兵衛がいることを忘れてもらっちゃ困る」

「旦那」

胸を反らす勘兵衛を、重松は眩しげに仰ぐ。

「潮八にとっては、今が年貢の納め時。首を洗って待ってやがれと、言ってやりてえところさ」

船尾の与吉が艪から手を離し、ぱちぱちと手を叩いてみせる。

重松は眸子を輝かせ、食い入るように勘兵衛をみつめた。

「波が出てきたな」

猟師町のある洲崎は近い。

勘兵衛は褌《ふんどし》を引きしめた。

十一

旅籠に戻り、銀次も入れて三人で軍鶏《しゃも》鍋を突っついた。

重松に精をつけさせようとおもったのだ。

「腹が減っては何とやら。さあ、食え」

「でも、おくみに申し訳ねえ」

最初は殊勝な顔でこぼしていた重松であったが、出汁《だし》の匂いを嗅いだ途端、人が変わったように軍鶏を貪りはじめた。熱い汁を啜って舌を火傷《やけど》させながらも、目に涙を浮かべて食いつづける。

「ああ、沁みる。こんなに美味え飯は、生まれてはじめて食ったな」

本心から飛びだした台詞であろう。

湯気の立ったご飯を食べ、重松は嗚咽《おえつ》を漏らす。

だが、いつまでものんびり寛いでいるわけにはいかない。

おくみや木賃宿の客たちは牢に繋がれ、空腹に耐えかねているはずだ。

「一刻も早く助けださねばならぬ」

「でも、どうやって」

「任せておけ」

重松に問われ、勘兵衛は胸を叩いた。

小舟で樽廻船に向かうときから、おおよその段取りは立ててある。

守蔵に鎌を掛け、六千両のお助け金が船に隠してある感触を得た。

「それさえわかれば、こっちのものだ」

「こっちのもの」

「ああ、今から大芝居を打つ」

銀次はすでに、大芝居の中味を知っている。

重松に膝詰めで段取りをおぼえこませ、勘兵衛は小者の装束に着替えた。

「どうだ、銀次」

「ええ、髷もぺたんとしておりやすし、同心にゃみえやせん」

「ただの老い耄れか」

「そうは言っておりやせんが、まあ、相手に警戒されることはねえでしょう」

「よし、まいろう」

三人は旅籠を出て、夜の町へ繰りだした。

亥ノ刻前なので、往来はそれなりに騒がしい。

北品川宿の北端にたどりつくと、三島屋の軒行灯も点っていた。

勘兵衛はふたりを物陰に隠れさせ、ひとりで門前に近づくと、拳で勢いよく扉を敲いた。

「問屋場からまいりました。大黒さまの御使いにござります」

しばらくすると脇戸が開き、手代らしき男が顔を差しだす。

「誰でえ今頃」

厩舎に繋がれていた四頭の栗毛に細工を施した男にちがいない。

勘兵衛はお辞儀した。

「大黒さまの御使いにござります」

「何だ、言伝を言ってみろ」

手代はこっちを年寄りとみなしたのか、居丈高な態度を取る。

勘兵衛はじっと相手を睨みつけた。

「大事なおはなしなので、三島屋の旦那に直にお伝えしろと命じられております」

「けっ、めんどくせえ」

文句を言いながらも、手代は脇戸の内へ誘う。

勘兵衛は屈んで脇戸を潜り、手代が奥へ引っこむあいだ、戸をかっておく心張棒を脇の暗がりへ隠した。

怪しげな手代に導かれ、黒羽織をぞろりと纏ったひょろ長い男があらわれた。

「こんな時刻にいったい、何の用だ」

蜥蜴《とかげ》のような眸子で見下ろしてくる。

眉間には三日月形の古い刀傷が見受けられた。

潮八にまちがいなかろう。

勘兵衛はつつっと上がり端に近づく。

握った左手には、五寸釘を握っていた。

右袖の内には、手頃な大きさの石もある。

懐中にも帯にも、刃物は隠していない。

五寸釘と石さえあれば、どうにかなるとおもっていた。

潮八はこちらを完全に見下し、まったく警戒していない。

「さあ、言ってみろ。大黒さまの言伝とやらを」

「顔をもう少し、近づけていただけませんか」

「ふん、こうか」

潮八は膝を折り、ぬっと首を差しだしてくる。

「文がございます」

そう言って、勘兵衛は懐中から右手で文を取りだした。

手渡そうとして手を離すと、文が床に落ちる。

「あっ」

潮八は文を拾おうとして、右手を伸ばした。

その機を逃さず、勘兵衛の左手が覆いかぶさる。

「ぐっ」

五寸釘が潮八の手甲に刺さった。

間髪を容れず、勘兵衛は右手で摑んだ石で釘の頭を叩きつける。

「ぬげっ」

潮八は右手を床に打ちつけられ、身動きができない。

異変に気づいた手代が、さっと匕首を抜いた。

すかさず、勘兵衛は石を投げつける。

「ぐひぇっ」

石は額に命中し、手代は尻餅をついて気を失う。

勘兵衛は潮八の背後にまわりこみ、右腕を素早く首に搦めた。

「おめえ、刺羽の潮八なんだろう」

ぐっと、力任せに締めつける。

「……く、苦しい」

騒ぎを聞きつけ、脇戸から人影がひとつ忍びこんできた。

重松だ。

勘兵衛が右腕の力を弛《ゆる》めると、潮八がことばを絞りだす。

「……な、何でおめえが」

「樽廻船は押さえた。六千両のお宝もな」

「何だと」

「おれがここにいるのが何よりの証し。へへ、驚いたか」

「……こ、この老い耄れは、何者だ」

「よくぞ聞いてくれた。そのお方は、勘兵衛親分だ。伝説のおひとでな、おれたち錠前破りのあいだじゃ、うぽ勘と呼ばれている。うぽ勘の親分は大黒平太夫と荒巻才次郎に恨みがあってな、手助けしてくれりゃ、わるいようにゃしねえそうだ」

「……な、何をすりゃいい」

「大黒と荒巻をふん縛るネタを出せ。そうすりゃ、お宝の半分は返えしてやる」

潮八は手甲の痛みに耐えながらも、狡猾な眼差しで重松を睨みつける。

「ネタなんざねえ。あいつらにゃ、袖の下をたんまり渡してきたがな」

「六兵衛殺しはどうだ。おめえの店で雇われていた荷役を、やつらは痛めつけて殺めたんじゃねえのか」

「ああ、殺ったのは荒巻だ。でも、証しはねえ」

「なら、あきらめよう。こういうことは、あきらめが肝心だ。深追いすると、墓穴を掘るかんな」

「おれをどうする」

「役に立たねえやつがどうなるか、誰よりもおめえがわかってんじゃねえのか」

「待て。ふたりを嵌めりゃいいんだな」

「ああ」

「やってやれねえことはねえ」

「ほう、そうかい。力を貸すのか」

「貸してやる。悪党の名にかけて、腐れ役人どもを葬ってやるさ」

重松がこちらに目顔で合図を送ってくる。

勘兵衛は首に搦めた右腕を離した。

潮八は項垂れ、左手で釘を抜きにかかる。

だが、容易に抜くことはできない。

勘兵衛は重厚な声で言った。

「重松、釘抜きを寄こせ」

「へいっ」

釘抜きで五寸釘を抜き、手首を布で縛りつけてやる。

潮八は舌打ちし、血まみれになった手を布切れで拭いた。

「ふん、油断したぜ。刺羽の潮八さまがこんな目に遭うとはな」

「裏切りは許さねえ。下手を打ったら、樽廻船ごとお宝を貰うぜ」

勘兵衛の台詞に、潮八は渋々ながらもうなずくしかない。

「ああ。わかったよ。盗人同士にも仁義ってもんがある。それに、この一件を済ませたら、おめえたちとは末永く組んでいけそうな気がするぜ」

「ふふ、こっちもそう願っているのさ」

口先でどんな約束を交わそうと、悪党の腹の内はわからない。

ともあれ、今は問屋場のふたりを懲らしめるのが先決だ。

——毒には毒を。

それこそが、勘兵衛が重松に授けた策にほかならなかった。

十二

善は急げ、方々へ使いに走ったのは銀次である。

文字どおり、八面六臂《はちめんろっぴ》の活躍と言ってもよかろう。

問屋場に着いてみると、大黒と荒巻がすでに待ちかまえていた。

牢にはおくみたちが捕らえられているはずだが、奥の様子は判然としない。

先導役は潮八で、重松は隣に肩を並べ、勘兵衛は背後に隠れて近づいた。

人の習性として、面と向かった相手以外にはあまり注意をかたむけない。

そのことを、勘兵衛は経験で知っていた。

なるほど、大黒と荒巻は潮八と重松だけをみて、見知っているはずの勘兵衛には目もくれない。

不機嫌そうに口を開いたのは、大黒であった。

「三島屋、夜分に呼びつけておいて、どういう了見だ」

「ご覧のとおり、お宝を奪った下手人の重松を連れてまいりました。と、言いたいところですが、手前は少しばかり考えちがいをしていたようで。重松は盗人一味の首魁じゃありません」

「どういうことだ。木賃宿の亭主が一味の首魁だと抜かしたのは、そもそも、おぬしではないか」

「それがみたてちがいでして。ほかに首魁がおりました。うぽ勘とかいうふざけた名の錠前破りです」

「うぽ勘だと」

「されど、ご心配なく。うぽ勘はこちらで捕らえました。しかも、お宝の六千両は奪いかえしてございます」

大黒は眸子を瞠った。

「ほう、さようか」

「そこで、あらためてご相談なのでございますが、六千両はどういたしましょう。そのまま、浜松藩へお戻しするのが筋かもしれませんが、そんなことをしてもこちらの得にはならぬかと」

「たしかに、得にはならぬな」

大黒は薄く笑い、荒巻に目配せする。

荒巻はうなずき、笑いを噛み殺した。

大黒は身を乗りだしてくる。

「三島屋よ、どういたせばよい」

「いっそ、うぽ勘とやらに奪われたことにするか。さすれば、六千両は濡れ手で粟、苦もなく手に入るであろうからな」

すかさず、潮八が切りこむ。

「分け前は半々でよろしゅうござりますか」

大黒が瞬時に応じた。

「七分三分だ。それで手を打ってやる」

「手を打つとは」

「おぬしのはなしに乗るということさ」

「お助け金を山分けするのに同意なさる。そういうことでござりますね」

「みなまで言わせるな」

「されば、証文を頂戴できますか。なあに、手前がお守り替わりに持っているだけのもの。重松、半紙を」

「へい」

重松は乾分に徹し、半紙を取りだす。

潮八は筆を嘗め、何も書かれていない半紙にさらさら文字を書いた。

――三島屋潮五郎とは一蓮托生、生涯裏切るようなまねはせざるものなり。

大黒と荒巻は、紙面を食い入るように覗きこむ。

「いかがでござりましょう。六千両のろの字も入れておりませぬ。これならば、別段、おふたりにご迷惑は掛かりますまい」

「まあ、よかろう」

「されば、ご署名と血判をお捺しください」

「血判か」

どうやら、指を傷つけるのが嫌らしい。

見掛けとちがって、やわな連中である。

それでも、ふたりは小刀で拇指の表面を切り、血判を捺した。

大金を目の前にぶらさげられ、抗うことができなかったのだろう。

「あとのことは手前にお任せを」

「ふん、三島屋め、おぬしも悪よのう」

双方は満足げに締めのことばを言いかわす。

潮八は右手を伸ばし、半紙を拾おうとした。

すると背後から手が伸び、潮八の傷ついた右手甲を強かに叩くや、誰かが半紙を掻っ攫っていく。

もちろん、勘兵衛であった。

さらに、腹の底から声を絞りだす。

「各々方、いざ、参られよ」

廊下が何やら騒がしくなり、物々しい連中が一気に雪崩れこんできた。

先導役は銀次である。

「役人どもをふん縛れ」

「おうっ」

反応したのは、浜松藩井上家の家臣たちであった。

勘兵衛は銀次を脇本陣に走らせ、事情を説いて待機させていたのだ。

これもひとつの危うい賭け、勝負を天に任せた勘兵衛の采配《さいはい》が光った結末にちがいない。

大黒と荒巻は羽交い締めにされ、声をひっくり返す。

「待て、これは何かのまちがいだ。茶番にすぎぬ。のう、三島屋」

ふられた潮八も、何が何だかわかっていない。

何しろ、銀次に後ろから腕を搦めとられ、しかも、喉首に十手まであてがわれているのだ。

勘兵衛が大黒と荒巻のそばに近づいた。

「うぽ勘だ。よろしくな」

「へっ」

ふたりはきょとんとし、ようやく勘兵衛の正体に気づく。

「あっ、おぬしは臨時廻りの老い耄れではないか」

「そうよ、これでも十手持ちの端くれでな、おめえらの腹黒い考えはとっくり聞かせてもらったぜ」

「……く、くそったれめ」

「くそったれは、おめえらだろう。裁きはうちの御奉行の御役目だが、たぶん、おめえらは斬首になる。そっちの潮八は磔獄門だろうさ。まあ、しゃあねえわな。今までさんざ甘い汁を吸った罰《ばち》が当たったってわけだ」

重松は荒巻から牢の鍵を奪い、奥へ走っていった。

しばらくすると、おくみや木賃宿の客たちが助けだされてくる。

おくみはさすがに窶《やつ》れていたが、重松の顔をみて生気を取りもどしたようだった。

木賃宿の客には気の荒い連中もおり、後ろ手に縛られた大黒と荒巻の頭に拳骨《げんこつ》をくれている。

「畜生、嵌めやがったな」

潮八は恨めしげに勘兵衛を睨んだ。

「ああ、嵌めた。さすがは刺羽の潮八、なかなかの役者ぶりだったぜ」

「くっ」

大悪党を罠に嵌めることほど楽しいことはない。

「ふはは、痛快とはこのことよ」

勘兵衛は笑いながら、夜風に当たろうと問屋場の外へ出た。

夜の海は凪ぎわたり、沖には樽廻船の灯りが点っている。

「鯉四郎、そろそろ暴れてもいいぜ」

義理の息子は阿吽《あうん》の呼吸で、船頭の守蔵を捕縛してくれるにちがいない。

お助け金は無事に戻り、浜松藩の連中からは感謝されることだろう。

何よりも、重松とおくみを無事に助けられたのがよかった。

これで大手を振って家に帰ることができると、勘兵衛はおもった。

十三

少し降ってはすぐに熄《や》む。

そう言えば、時雨《しぐれ》のような霧雨を詠んだ俳句があった。

「霧しぐれ、富士をみぬ日ぞ面白き……芭蕉《ばしょう》だな」

重松が霧時雨に烟《けぶ》る樽廻船の垣立に「不二」の二文字をみつけられなかったら、品川宿へ足留めされることもなかったであろう。

庭に咲く紅《べに》芙蓉《ふよう》の花弁が濡れている。

問屋場で大芝居を打ってから六日が経ち、家々の軒には白張提灯が吊され、門口には迎え火の支度が整えられていた。

耳を澄ませば、表通りから娘たちの唄声が聞こえてくる。

「ぼんぼんぼんの十六日におえんまさまへまいろとしたら、数珠の緒が切れて鼻緒が切れて、なむしゃか如来手でおがむ……」

十六日は三日後だが、揃いの半四郎鹿子で着飾った娘たちの小町踊りは、霧雨のなかでもう始まっていた。

「盆の雨というやつか」

縁側で厄介な足の巻き爪を研いでいると、満天星の垣根のうえに蛇の目がひとつ浮かんでみえた。

「おや、誰だろう」

簀戸を押して入ってきたのは、仲良しの夫婦である。

重松とおくみが蛇の目のしたで寄り添い、怖ず怖ずと近づいてきた。

勘兵衛は爪を研ぐのも忘れ、立ちあがって手招きをする。

「よう来たな、待っておったぞ」

「あらためまして、ご機嫌を伺いにめえりやした」

「固え挨拶は抜きだ。さあ、あがれ。酒の支度をするから待ってな」

ちょうどそこへ、銀次がひょっこりやってくる。

鯉四郎と綾乃も、藪医者の仁徳までやってきた。

「腹あ減った。うぽ勘、何か食わせろ」

すかさず、銀次が応じる。

「支度はあっしにお任せを」

濡れ縁にひょいとあがり、重松の手土産に目をくれる。

「おっと、鯵《あじ》の日干しに海苔《のり》の佃煮《つくだに》か。こいつはいい肴になるぜ」

「わたしもお手伝いします」

おくみと綾乃が、銀次の背中を追いかける。

迎え盆だというのに、賑やかな夕餉になりそうだ。

みんなでわいわいやっていると、さらにもうひとり品川から客がやってきた。

漁師の与吉にほかならない。

釣ったばかりの魚を魚籃ごと担いできてくれたのだ。

「鱸《すずき》だよ」

料理茶屋で食べれば、値の張る高価な魚であった。

鯉四郎は口いっぱいに涎を溜める。

仁徳が大喜びしないはずはなかった。

「銀次、七輪に炭をくべろ。塩焼きにするぞ」

「合点で」

「くほほ、これもすべて、うぽ勘親分のおかげだな」

大笑いする仁徳は、すっかりその呼び名が気に入ったらしい。

「勘弁してほしいな」

即興で名付けた重松を、勘兵衛は睨みつけた。

「こいつはどうも、申し訳ござんせん」

しきりに照れる元盗人のおかげで、ありがたい気持ちになったのは確かだ。

それはおそらく、むかしの恩を忘れなかった夫婦の心根に触れたせいだろう。

二十年越しの恩返しに、勘兵衛の心は霧雨のごとく、じっとりと濡れていた。

やがて、表通りから盆唄は遠ざかり、布施僧の鳴らす木魚の狭間に縁結びの唄が聞こえてくる。

「だれかさんとだれかさんはまめり……」

愛らしい娘たちの声が、為永春水《ためながしゅんすい》の著した人情本の一説をおもいださせた。

「宿世結びの所為《わざ》くれに、おまえとふたり結ばれし……か」

縁結びで遊ぶ幼馴染みの男女は相思相愛、めでたく結ばれて夫婦となり、共白髪《ともしらが》になるまで添い遂げる。そんな重松とおくみが、何とも微笑ましかった。と同時に、少しばかり羨ましいとおもうのは、つれあいを失ったせいかもしれない。

勘兵衛は燗のついた下り酒をぐびりと呑み、さきに逝った者たちの魂が今宵だけは還ってきてくれることを心の底から願った。

本作は書き下ろしです。

中公文庫

うぽっぽ同心《どうしん》終活《しゅうかつ》指南《しなん》（二《に》）

夫婦《めおと》小僧《こぞう》

2024年2月25日　初版発行

著　者　坂《さか》　岡《おか》　真《しん》

発行者　安部 順一

発行所　中央公論新社
〒100-8152　東京都千代田区大手町1-7-1
電話　販売 03-5299-1730　編集 03-5299-1890
URL https://www.chuko.co.jp/

ＤＴＰ　ハンズ・ミケ
印　刷　大日本印刷
製　本　大日本印刷

Published by CHUOKORON-SHINSHA, INC.
Printed in Japan　ISBN978-4-12-207483-5 C1193

坂岡真の中公文庫

うぽっぽ同心十手綴り

かじけ鳥

男手ひとつで育てあげた愛娘の綾乃が手許から去ってしまった。溜息を吐く長尾勘兵衛のもとに、失踪した妻・静の消息を知るという女が現れる。勘兵衛はその女を追うが、一足違いで殺されてしまい……。寒さと寂しさが骨身に染みる雪の日は、ひとりぼっちのうぽっぽになにを連れてくるのか――。傑作捕物帳「十手綴り」シリーズ、悲喜交々の最終巻。